पंचम प्रकाश

First Published in September 2020

ISBN: 978-93-90396-90-0

BLUEROSE PUBLISHERS

www.bluerosepublishers.com

info@bluerosepublishers.com

+91 8882 898 898

Cover Design:

Sanya Rastogi

Typographic Design:

Tanya Raj Upadhyay

Editor:

Abhishek Akash

Distributed by: BlueRose, Amazon, Flipkart, Shopclues

शुभकामना सन्देश

नमस्कार बंधुवर,

अभी जो पुस्तक आपके हाथ में है, मैंने उसे पढ़ा, बड़ा ही अप्रतिम नाम है "उसने कहा.. आई हेट राइटर" । लेकिन आप जब उसे पढ़ना शुरू करेंगे तो अंत किए बिना आप भी नहीं रुकेंगे। बड़े ही मनोयोग से पंचम प्रकाश जी ने इस पुस्तक को लिखा है और एक सही स्थिति को उपस्थित किया है । समाज में आज भी कहीं ना कहीं लोग इंसाफ के इंतजार में इस जीवन को अलविदा कर जाते हैं, लेकिन इंसाफ नहीं मिलता । ऐसी ही कुछ घटना इस पुस्तक में लिखी गई है कि कैसे एक प्रेत आत्मा एक युवा जुझारू लेखक के साथ मिलकर अपने इंतकाम की आग को ठंडा करती है ।

अंततः मैं पुनः कहूंगा कि यह बहुत ही रोचक पुस्तक है । आप पढ़ना शुरू करेंगे तो निश्चित ही अंत किए बिना नहीं रुकेंगे । मैं शुभकामना देता हूं अपने पुत्र पंचम प्रकाश जी को, आपने अपनी प्रथम पुस्तक को बहुत ही सशक्त ढंग से प्रस्तुत किया है । आगे भी आप इसी तरह करते रहें । इसी शुभकामनाओं के साथ फिलहाल शुभ विदा ।

धन्यवाद !

गजेन्द्र प्रसाद (शाखा प्रभारी)
शिव शिष्य परिवार, मधुबनी

कहानी और मैं

नमस्कार साथियों,

कहा जाता है कि निरन्तर मेहनत करने वाले व्यक्ति हमेशा प्रगति की राह पर होते हैं और किसी भी रचनाकार के विश्लेषण-विवेचन में उनका व्यक्तितत्व काफी मददगार होता है। इसी सम्बन्ध में कहना चाहूंगा कि पंचम प्रकाश जी के व्यक्तितत्व एवं रचना (कृतित्व) में अद्भुत एकता है जिसने मुझे प्रभावित किया। इसी वजह से मैं इनके जबरदस्ती के निवेदन पर साथ मिलकर जहां तक हो सका, इस पुस्तक के कहानियों में शब्द संयोजन एवं शुद्धिकरण में हरसम्भव प्रयास किया। पंचम दा द्वारा रचित यह पुस्तक "उसने कहा... आई हेट राइटर" वर्तमान समसामयिक घटना से सम्बंधित एक रहस्मयी कथाओं का संयोजन है।

निश्चित ही, यह पुस्तक इनकी महत्वपूर्ण उपलब्धियों में से एक है। आप सभी से निवेदन कि इसे एकबार पढ़कर अपनी प्रतिक्रिया भी अवश्य दें। आपकी पाठकीय प्रतिक्रिया की आकुल प्रतीक्षा रहेगी।

शुभकामनाओं सहित....

अभिषेक आकाश

अपनों से अपनी बातें.....

आपने किताब के ऊपर मेरा नाम तो पढ़ा ही होगा । मैं जानता हूँ कि आप मुझे नहीं जानते लेकिन मेरे नाम से आपको महान संगीतकार 'राहुल देव बर्मन' जरुर याद आ गये होंगे क्योंकि उन्हें सभी प्यार से 'पंचम दा' ही बुलाते हैं । मैं यह बात आपको इसलिए बता रहा हूँ क्योंकि जब भी मैं किसी को अपना नाम बताता हूँ, तो सामने वाले अधिकांशतः मुझसे यही प्रश्न करते हैं कि 'पंचम किसका नाम था जानते हो ?' उस समय मैं कक्षा 5 में था जब पहली बार मेरे पिताजी के दुकान पर किसी ने मुझसे यह प्रश्न पूछा, वो पहली और आखिरी बार था जब मैं इस प्रश्न का जवाब नहीं दे पाया था । अब ये 'पंचम दा' का आशीर्वाद है और मेरा सौभाग्य जो मुझे भी अधिकतर जगह लोग जानने के बाद 'पंचम दा' कहकर ही बुलाते हैं ।

कहानी में मेरी रूचि तो उस वक्त से ही थी जब मैं परिवार के साथ अपने नानी के घर यानी, माँ जानकी की भूमि पुनौरा धाम (सीतामढ़ी, बिहार) जो महज 80 किमी की दूरी पर है, पुरे 9 या 10 घंटे का सफ़र करके जाया करता था । वहाँ पहुँचते मेरा ध्यान इस बात पर ही

रहता कि इस बार मामाजी के दराज से हमें कौन सा कॉमिक्स पढ़ने को मिलेगा और आपको बता दूं ज्यादातर मुझे नागराज वाला कॉमिक्स ही मिलता था । कहानी तो मैं पढ़ता ही था लेकिन कहानी में जीवंत रहना मैंने 8वीं कक्षा में सीखा जहाँ पाठक सर ने हमें सिखाया 'कहानी सिर्फ पढो नहीं उसकी कल्पना करो, फिर तुम्हे प्रश्नों के उत्तर के लिए मेरे पास नहीं आना होगा । मेरा सिर्फ मार्गदर्शन होगा, उत्तर तुम्हारा खुद का होगा ।' फिर मुझे आध्यानाथ सर जैसे गुरुओं का सानिध्य प्राप्त हुआ जिन्होंने हिंदी में मेरी रूचि बढ़ाई एवं हिंदी से प्रेम करना सिखाया । व्याकरण तो मेरा शुरू से ही बहुत अच्छा नहीं रहा लेकिन हिंदी में मेरी रूचि लगातार बढ़ती रही । उन दिनों मैं स्कूल और अपने पढाई के बाद इप्टा में नाटक भी किया करता था और वहीं से प्रेरणा लेकर मैंने पहली बार अपने स्कूल (रीजिनल सेकेंडरी, मधुबनी) में 15 अगस्त के कार्यक्रम के बाद स्कूल के हॉस्टल में वहाँ के विद्यार्थी और स्कूल के निर्देशक व मौजूद शिक्षक के सामने पहली बार मेरे द्वारा लिखे नाटक का मंचन हुआ । उस दिन कार्यक्रम का स्वरुप छोटा था लेकिन मेरा हौसला बहुत बड़ा । उसके बाद मैं लगातार लिखता रहा फिर इप्टा और अन्य कार्यक्रमों में मेरे द्वारा लिखित एकल नाटक का

मंचन होने लगा और धीरे – धीरे मेरी रूचि इस क्षेत्र में लगातार बढ़ती गई ।

वर्ष 2018 में इप्टा के अपने साथियों के कहने पर मैंने एकांकी लिखने का प्रयास किया और उनके भरपूर सहयोग के फलस्वरुप वो एकांकी बनकर तैयार भी हो गया । फिर हमारे साथ पियूष भाईसाहब जुड़े, जिनके सफल निर्देशन के कारण हमारे उस एकांकी नाटक 'मांझी रे' का सफल मंचन भी हुआ ।

अब मैं आपसे यह भी साझा करना चाहूँगा कि मैंने कैसे इस कहानी को लिखा जिसे आप आगे जाकर पढेंगे । शुरू के दिनों में लॉकडाउन मेरे लिए किसी आपदा से कम नहीं था, क्योंकि मैं घर में टिककर बैठनेवालों में से नहीं हूँ । फिर मैंने इस आपदा को अवसर में बदलने की सोची और मैंने शुरू कर दिया लिखना । मैं कैसा लिख रहा हूँ यह जानने के लिए मैं घर के सदस्यों को अपना लिखा हुआ कहानी सुनाया करता था ताकि मुझे पता चल सके कि जो मैं लिख रहा हूँ वो पढ़ने वालों को अच्छा लग रहा है या नहीं । मेरे लिखे हर शब्दों को संयोजित करने में मुझे मेरे बड़े भाई अभिषेक आकाश का पूर्ण सहयोग मिला जिसके लिए मैं उनका तहे दिल से आभार व्यक्त करना चाहता हूँ । महादेव की दया से

कई महीनों के प्रयास के बाद अब जाकर ये कहानी पूरी हुई है, जिसे अब आप पाठकों का प्यार चाहिए । इसका मूल्यांकन भी आपको ही करना है, हो सकता है कि साहित्यिक स्तर पर मैं कुछ कमजोर लगूं । लेकिन यकीन मानिए मैं इससे और बेहतर करने के लिए प्रयासरत हूँ । आपका साथ मुझे सशक्त करेगा और आपका सुझाव मेरे लिए अमृत का काम करेगा ।

- **पंचम प्रकाश**

panchamraj662@gmail.com

9431451023 ; 9771880088

विषय सूची

चैप्टर 1 : द सुसाइड ब्रिज

आज की यह रात अंधेरों से भरी है । लेकिन इस अँधेरी रात को कोई नदी के ऊपर इस ब्रिज से देखे तो पता चलेगा, कि चाँद की चाँदनी से अँधेरी रात में यह नदी कितनी हसीन लगती है । मैं दावे के साथ कह सकता हूँ कि शहर के लोगों की मुलाकात कभी इस हसीन रात से नहीं हुई होगी । जिसका भी एकबार इससे रूबरू हुआ, उसका फिर कभी शहरवालों से मुलाकात नहीं हुआ । हालांकि उसके बाद पूरा शहर उसे जान जाता है, क्योंकि अगली सुबह... वो शहर का खबर बन जाता है ।

इस वक्त मैं शहर के सबसे बदनाम ब्रिज पर खड़ा हूँ, जिसे लोग 'सुसाइड ब्रिज' के नाम से जानते हैं । लेकिन मुझे यह नहीं समझ आया कि इतने सालों के बाद लोगों ने मुझे जानना शुरू किया, मेरी लिखी हुई बुक बेस्ट सेलर बुक हो गई, बेस्ट राइटर ऑफ़ द इयर का अवार्ड भी मुझे मिलने वाला है, नए – नए प्रोजेक्ट के प्रपोजल भी आने शुरू हो गए हैं, और मैं इन सभी चीजों को छोड़ अपने खुशियों को सेलिब्रेट करने के बजाए यहाँ

इस शापित ब्रिज पर खड़ा हूँ, जिसे शहर वाले देखना तक पसंद नहीं करते । मुझे पता है अब आप भी सोच रहे होंगे जिसके जीवन में अभी – अभी खुशियों का आना शुरू ही हुआ है, वो यहाँ क्या कर रहा है ?

दरअसल, मैं खुद हैरान हूँ कि मैं यहाँ क्या कर रहा हूँ । इस वक्त तो मुझे अपने घरवालों के साथ या फिर अपने दोस्तों के साथ होना चाहिए था । घरवालों को पूरा यकीन होगा कि मैं अपने दोस्तों के साथ होऊंगा और वो निश्चिन्त होकर अपने कार्यों में व्यस्त होंगे। वहीं मेरे दोस्त यह सोच रहे होंगे कि शायद आज मैं नहीं आऊंगा । वो कमीने मुझे फ़ोन भी कर रहे होंगे पर कोई उसे उठाएगा नहीं, क्योंकि ये मुझे भी याद नहीं कि मैंने अपने फ़ोन को कौन सी झाड़ी में फेंका है ।

मेरे अन्दर एक अजीब-सी बेचैनी चल रही है और शायद उसी बेचैनी के कारण मैं खुद मौत के मुँह पर आ खड़ा हुआ हूँ । बस यही सोच रहा हूँ कि “क्या मैं सच में गलत हूँ ?”

सालों बाद कल रात उस नंबर से मुझे कॉल आया । बीते कई दिनों से मुझे अपने सफलता की बधाई के लिए काफी कॉल आ रहे थे, तो मैंने भी बिना गौर किए कॉल रिसीव कर लिया ।

मैंने कहा -हैलो !

उधर से आवाज़ आई - क्या मैं राजीव मेहरा से बात कर रही हूँ ? फेमस बुक 'जिन्दगी एक राज है' के राइटर से?

सालों बाद भी वही आवाज़, मैं भले ही नंबर भूल सकता हूँ लेकिन उसकी आवाज़ नहीं । उसकी आवाज़ सुनकर मैं कहीं और ही खो गया । शायद 6 साल पुरानी उन यादों में, जिसे मैं कभी भूलना नहीं चाहता था । इस बीच उधर से लगातार आवाज़ आ ही रही थी – 'राजीव...राजीव...हैलो राजीव...!'

मैं अचानक से प्यार भरे अंदाज़ में बोल पड़ा – 'नीतू.... नीतू कौशिक?'

इसबार मेरी आवाज़ सुनकर वो चुप हो गई । फिर जल्दी ही बोली –'कैसा लग रहा है अब ? क्योंकि अब तुम वो हो जो तुम्हें असल में होना चाहिए था और जिसके लिए तुम हमेशा मेहनत किया करते थे ।'

'थैंक्स नीतू ! मतलब, तुमने पढ़ी मेरी किताब ?' - मैंने कहा ।

प्यार भरे अंदाज में उसने भी जवाब दिया – 'अब राजीव मेहरा कुछ लिखे और मैं न पढ़ूं, ऐसा हो सकता है क्या ?'

मैंने भी उसी अंदाज में जवाब दिया –'ओ रियली, साउंड्स गुड ! तो कैसी लगी मेरी किताब, अब ये भी बता दो ।'

'सच! काश... ऐसा हुआ ही नहीं होता ।' उसका ये जवाब सुन मैं चौंक-सा गया और मैंने पूछा - 'नीतू आर यू ओके ?'

'ओके तो मैं कभी थी ही नहीं । और तुमने बिल्कुल सही लिखा है, बिल्कुल सच । वर्षों पहले जब मैंने तुम्हें छोड़ा, उस वक्त तो तुम कह नहीं पाए कुछ और आज तुमने वो सब कह दिया... कि मेरा होना ही गलत था और है भी ।'

उसका यह जवाब सुनकर मैं काफी कुछ समझ चुका था । मैंने कहा -'नीतू ट्राय टू अंडरस्टैंड, इट्स अ फिक्शनल स्टोरी...' आगे मैं कुछ कहता या समझा पाता कि उससे पहले ही कॉल कट गया ।

उसके बाद मैंने कई बार कॉल लगाने की कोशिश की, लेकिन वो कॉल उठा ही नहीं रही थी । मैं बेचैनी में कुछ सोच भी नहीं पा रहा था । घंटो बाद मैंने फिर कोशिश की, रिंग जा रहा था लेकिन वो कॉल नहीं उठा रही थी । मेरे ख्याल से कॉल का आखिरी रिंग ही बज रहा होगा तभी उसने कॉल उठा लिया, लेकिन ये क्या!

कॉल पर वो नहीं, उसका भाई था ! वो इतने घबराहट में थे कि उन्होंने न तो नाम पूछा और न ही पता, बस इतना कहा - 'नीतू से अभी कोई बात नहीं हो सकती है... सॉरी'।

उसके बाद वो शायद कॉल रखना भूल गए, तभी किसी की आवाज़ आई 'कहाँ है नीतू, कैसी है वो ?' उसके भैया ने परेशान अंदाज में जवाब दिया - 'उसने स्लीपिंग पिल्स ले लिया था, अभी आईसीयू में है। डॉक्टर का कहना है कि सिचुएशन क्रिटिकल है ।

चैप्टर 2 : मैं सुट्टा नहीं मारता

आपने एक कहावत तो सुनी ही होगी 'एक तो मुँह में नहीं निवाला, ऊपर से ससुर ने भेजा साला।'

मेरा हाल भी अभी कुछ ऐसा ही है । क्योंकि मेरे सामने यहाँ कुछ दूरी पर एक लड़की खड़ी है, जो उम्र में लगभग मेरी जितनी है । उम्र की बात फिलहाल छोड़ते हैं और सोचते हैं कि ये लड़की यहाँ कर क्या रही है ? हालांकि यहाँ सोचने लायक कुछ है नहीं, क्योंकि इस बदनाम ब्रिज पर अब कोई माता का जगराता करने तो आएगा नहीं... तो जरुर सुसाइड करने ही आयी होगी ।

लेकिन... हे प्रभु ! तूने मुझे किस धर्म संकट में डाल दिया ? अब मैं अपनी जान दूँ या उसकी बचाऊं ?

अब ऊपर वाले क्या चाहते हैं ये तो मुझे पता नहीं, लेकिन मैं ये बहुत अच्छे से जनता हूँ कि ख़ुदकुशी करना कानूनन अपराध है और मैं अपने आँखों के सामने किसी को यह अपराध करने नहीं दे सकता । इसलिए धीरे-धीरे दबे पाँव मैं उसकी तरफ बढ़ा । मेरी ओर अँधेरा था इसलिए शायद वो मुझे देख नहीं पाई होगी

लेकिन अब मैं उसके इतने करीब पहुँच गया कि मैं उसे साफ़-साफ़ दिख सकता हूँ ।

लेकिन वो न आगे देख रही और न ही पीछे तो मुझे क्या खाक देखेगी । अरे वो तो पुल के रेलिंग पर चढ़ रही है, लेकिन ये क्या ! वो कूदने के बजाए उसपर बैठ गयी । मुझे अब समझ नहीं आ रहा है कुछ । अगर इसे खुदकुशी ही करना है तो ये बैठ क्यों गयी ? देखने से तो किसी अच्छे घर की लग रही है लेकिन माजरा क्या है ये पास से समझना होगा ।

इसलिए मैं उसकी तरफ और आगे बढ़ा, फिर जो नजारा दिखा... मैं बता रहा हूँ, आप विश्वास नहीं करेंगे। मैडम तो सुट्टे मारने की तैयारी कर रही है । मतलब मुँह में सिगरेट, हाथ में लाइटर और जला तो ऐसे रही है जैसे मेरे चरसी दोस्त । अब मैं उसके इतने पास था कि उसकी नजर मुझपर आ गयी, पहला कश लेते हुए उसने मुझपर धुँआ छोड़ा और बड़े ही नशीले अंदाज में मुझसे पूछा 'कौन है बे तू ?' उसके लहज़े से साफ़ लग रहा था कि वो नशे में है ।

लेकिन मैं तो यह सोचकर दंग हूँ कि कोई शहर से इतनी दूर... नशे की हालत में सुट्टा फूंकने यहाँ आ सकता है क्या ? वो भी एक लड़की ! ऊपर से इस ब्रिज

पर, जिसके चर्चे शहर में पहले से ही इतनी हसीन है ! मैं यह सोच ही रहा था कि उसने मुझसे दुबारा कहा 'बहरे हो क्या ? सुनाई नहीं देता तुम्हें ?'

उसे देखकर मैं अभी भी दंग हूँ, लेकिन मैंने सिर हिला कर हामी भरी । मेरे हामी भरने पर उसने ऐसा चेहरा बनाया मानो जैसे मैं कितना लाचार हूँ । उसने कहा 'ओह ! मतलब तुम गूंगे हो, इसलिए बोल नहीं रहे । सॉरी यार, बट डोंट फील बैड ।' ये क्या ? मैं चुप हूँ तो ये कुछ भी बोले जा रही है । लेकिन पता नहीं क्यों मुझे बुरा नहीं लग रहा, बल्कि उसका ये अंदाज मुझे अच्छा लग रहा है।

लेकिन मैं बोल सकता हूँ भई ! इसलिए मैंने उसके गूंगे वाली बात का झटके से जवाब दिया । 'ओ हैलो! मैं गूंगा नहीं हूँ, ओके.....' मेरी बात को काटते हुए उसने कहा 'अच्छा तो तुम बोल सकते हो, मुझे तो लगा तुम...' इसबार मैंने उसकी बात काटते हुए कहा – 'वैसे तुम यहाँ क्या कर रही हो ?'

'अरे तुम अंधे भी हो क्या ! दिख नहीं रहा... माता दी जगराता करने आयी हूँ । आओ तुम भी, साथ में करते हैं ।' उसका ऐसा जवाब सुनकर मैं यह तो समझ गया कि इस लड़की में एक पैसे का डर नहीं है । तभी

तो इतने सुनसान जगह पर भी इतना तनकर बात कर रही है । उसने फिर कहा 'अरे आ जाओ, डरो मत ! मैं हूँ न ।'

मैंने कहा 'अरे डरता कौन है, एक सेकंड अभी चढ़ा मैं ।' वैसे मैं आपको बता दूँ, मैं कभी चलती नदी के ऊपर पुल के रेलिंग पर बैठने जैसी गलती न करूं । भई गलती से भी गिर गया न तो जान जाने का डर है । लेकिन यहाँ बात इज्जत की है और जब एक लड़की बिना डरे बैठ सकती तो मैं क्यों नहीं ? और अगर गिर भी गया तो क्या फर्क पड़ता है ? वैसे भी तो यहाँ मरने ही आया था ।

चलिए, ये तो अच्छा हुआ कि मैं सफलतापूर्वक बिना गिरे वहाँ बैठ गया । लेकिन मैं इतना डरा था, उस दौरान मुझे पता ही नहीं चला कि मैंने कब उसका हाथ पकड़ लिया । मैंने हाथ हटाते हुए 'सॉरी' कहा ।

उसने कहा 'अरे कोई बात नहीं मुझे पता है तुम डर गये थे ।' और उसने एक कश लेते हुए सुट्टा मेरी तरफ बढ़ाया ।

'सॉरी मैं सुट्टा नहीं लेता' मैंने कहा ।

उसने कहा 'ट्राई करना चाहोगे ?' न जाने उसने क्या सोचा, फिर सुट्टे को बुझाते हुए कहा 'छोड़ो यार मैं भी

कहाँ अच्छे लड़के को बिगाड़ रही' और उसने बुझी सिगरेट को नदी में फेंक दिया ।

मैंने मजाकिए अंदाज में कहा 'लो कर दिया न गंगाजी को मैला ।' उसने सड़ू-सा सकल बनाकर कहा 'ओ साब, पहले से तो बड़ा साफ़ था जैसे । न जाने इस नदी में क्या-क्या बहता है । और दूसरी बात... हर नदी गंगा नहीं होती साहब ।

मैंने कहा 'अरे मैडम मन चंगा, तो कठौती में गंगा' और ये तो फिर भी नदी है । उसने हँसते हुए कहा 'बातें अच्छी कर लेते हो। राइटर हो क्या ?'

सही पहचाना आपने इस नाचीज़ को मैडम, वरना किसी को हमारी कद्र ही नहीं । उसने मजाकिए अंदाज में कहा 'बाय द वे, आई हेट राइटर्स !'

अब मैं थोड़ा कम्फ़र्टेबल महसूस कर रहा था इसलिए मैंने भी हँसते हुए पूछा 'ऐसा क्यों जी ?' उसने कहा 'ये तो बाद में बताउंगी... लेकिन राइटर जी ! आपको कभी पहले यहाँ देखा नहीं, तो आप ये बताओ कि मैं ये गलत सोच रही हूँ कि आप यहाँ ख़ुदकुशी करने आए हो ?

'नहीं... तुम सही सोच रही हो, मैं यहाँ ख़ुदकुशी करने ही आया हूँ और तुमने कहा... मुझे पहले यहाँ

कभी नहीं देखा, तुम क्या यहाँ रोज आती हो ?' उसने अपनी आखों को छोटी करते हुए कहा 'कुछ ऐसा ही समझ लो..... हिम्मत है ख़ुदकुशी करने की ?' इसबार उसने मजाक के मूड में बिलकुल भी नहीं कहा ।

मैं भी जोश में खड़ा हो गया....'हिम्मत है तभी यहाँ आया हूँ, तुम्हारी तरह सुट्टे फूंकने नहीं।'

उसने कहा 'ओ रियली ! सो डू इट नाव ।'

'हाँ मैं करूंगा ही । वही करने आया ही था यहाँ.. तो क्यों नहीं करूंगा ? लेकिन यार हद हो गयी एक तो मैं तुम्हारी मदद के लिए आया और ऊपर से तुम...'

उसने बड़े ही एटीट्युड में कहा 'मुझे पहले ही पता था एक नंबर के डरपोक हो तुम, ये सुसाइड तुम्हारे बस की बात नहीं।'

अब वो मुझे चुनौती दे रही थी और मैं सच में यहाँ मरने ही तो आया था । इसलिए मैं बोल पड़ा - 'मजाक नहीं कर रहा मैं । सच में अभी कूदकर अपनी जान देने ही वाला था, इतने में तुम दिख गई।'

मुझपर हँसते हुए उसने कहा - 'और मुझे देख कर तुम्हारा इरादा बदल गया क्या ?'

'कैसी बातें कर रही हो यार मतलब....' मैं पूरी बात बोल ही रहा था । इतने में उसने मेरी बात काटते हुए कहा - 'अच्छा सुनो तुम्हें तैरना आता है क्या ?'

'नहीं, वैसे क्यों ?' - मैंने कहा

मेरा जवाब सुनते ही 'सो बाय-बाय डिअर राइटर..' और इतना कहते ही उसने अचानक से मुझे जोर का धक्का मार दिया । मैं खुद को सम्भाल पाता कि उससे पहले मेरा पैर रेलिंग से फिसला और मैं नीचे नदी की ओर गिरने लगा । पानी में गिरने से पहले मुझे बस एक ही चीज सुनाई दे रही है, जो वो लड़की वहाँ से चीख-चीखकर कह रही...

'आई हेट राइटर....'।

चैप्टर 3 - सुनसान इलाका

जिन्दगी में कई मौके ऐसे आए जब पानी सिर के ऊपर चला जाता था, उस वक्त भी मैं बड़े हिम्मत और समझदारी से काम लेता था लेकिन इस बार तो....सिर ही पानी के नीचे जा रहा है और मेरा इस पर कोई काबू नहीं है ।

जिन्दगी से हाथ धोने का डर मैं अपने भीतर बहुत ही अच्छी तरह से देख पा रहा हूँ और मुझे यह महसूस हुआ कि ख़ुदकुशी करने का प्लान बहुत ही बुरा था । अब तक तो मैं बहुत ही खुदगर्ज़ बना हुआ था लेकिन जैसे – जैसे मैं मौत के करीब जा रहा, मुझे मेरे अपनों का ख्याल आने लगा कि इस वक्त उनलोगों पर क्या बीत रही होगी ।

रात के लगभग दो बज चुके है और मैं बिना बताए घर से बाहर हूँ । जिन्दगी में मैंने ऐसा पहले कभी नहीं किया था, तो ज़ाहिर-सी बात है कि घरवालों को चिंता तो होगी ही । उनकी चिंता तब और भी बढ़ गई होगी जब उन्होंने मुझे कई बार फ़ोन मिलाया और मैं फ़ोन उठा ही

नहीं रहा था । क्योंकि अगर मैं कहीं बिजी होता, तो कॉल का जवाब मैसेज में दे दिया करता । लेकिन इसबार तो फ़ोन मेरे पास था ही नहीं, तो उनलोगों का चिंता करना लाज़मी था । जब ये सब बातें मेरी मम्मी को पता चली तो वो और ज्यादा टेंशन में आ गई और हमेशा की तरह इस बात पर भी मम्मी-पापा में बहस हो गई ।

बहुत देर सोचने के बाद मम्मी को ख्याल आया, 'क्यों न बंटी से पूछा जाए ?' अगर 'राजीव' यानी मैं कहीं गया होऊंगा तो उसे पता होगा । क्योंकि दोस्तों में एक बंटी ही मेरा सबसे करीबी था, जो हर सुख और उस से ज्यादा दुःख में मेरे साथ होता है । पापा ने कहा - 'राजीव अगर कहीं जाता तो वो हमे क्यों नहीं बताता ?' मम्मी गुस्से में बोली - 'अभी आप बंटी से पूछ सकते है या नहीं ?'

पापा ने इधर फ़ोन घुमाया और उधर बंटी का बजने लगा, अरे मतलब.... बंटी के फ़ोन की घंटी । रात काफी हो चुकी थी लेकिन कुछ देर घंटी बजने के बाद बंटी ने फ़ोन उठा ही लिया । बंटी इतने रात में मेरे पापा का कॉल देखकर थोड़ा हैरान हुआ, इसलिए फोन उठाते ही

उसने तुरंत कहा - 'हैलो अंकल ! क्या हुआ ? सब ठीक है न ?'

'बेटा बंटी, राजीव तुम्हारे पास है क्या ?' पापा की बात सुनकर बंटी थोड़ा चौंक गया । 'नहीं अंकल, राजीव तो आज आया ही नहीं । क्या हुआ, वो घर में नहीं है क्या ?'

पापा ने कहा- 'पता नहीं बेटा इतनी रात हो गई वो घर नहीं आया अबतक । तुम जरा पता करो न कहाँ हो सकता है, हमलोगों को बहुत चिंता हो रही है ।'

अब चिंता तो बंटी को भी हो रही है, पक्का यार जो ठहरा । कमीने ने मन ही मन खूब गलियाँ दी । लेकिन उसने हिम्मत से काम लिया - 'आपलोग चिंता मत कीजिए मैं देखता हूँ और जैसे ही मिलता है उसे कान पकड़कर लाता हूँ ।'

इधर मेरा कान अब पानी के भीतर जा ही रहा था कि मैंने रेलिंग पर खड़ी उस लड़की की आवाज़ सुनी 'राइटर साहब, डूब गए क्या ?' कसम से बता रहा हूँ, मैं बहुत सारी लड़कियों से मिल चुका हूँ लेकिन ये तो कतई अलग लेवल की है।

अब मैं लगभग डूबने ही वाला था कि मैंने देखा... जिस लड़की ने रेलिंग से धक्का देकर मेरे दुर्भाग्यपूर्ण

सुसाइड को मर्डर बनाना चाहा, वो खुद भी नदी में कूद पड़ी और तैरते हुए मेरे पास आ गई । जैसे ही मुझे पकड़ा, मेरी आँखें धीरे-धीरे बंद होने लगी । मुझे बस इतना याद है कि उसने मुझे कसकर पकड़ा और पानी के ऊपर की तरफ बढ़ने लगी । अबतक मैं पूरी तरह बेहोश हो चुका था ।

ये बात तो मुझे होश आने बाद पता चली कि मैं बेहोश हो गया था । नहीं तो उस वक्त तक मुझे.... यमराज जी साक्षात भैंसे पर बैठे नजर आने लगे थे ।

जैसे ही मेरी आँख खुली, मैंने देखा वो लड़की मेरे ठीक सामने है । उसका भीगा हुआ चेहरा ठीक मेरे चेहरे के सामने था और मैं खांसते हुए उठकर बैठ गया । वो बड़े ही प्यार से मेरे पीठ को सहला रही थी और बोली 'कुछ नहीं होगा, बस लम्बी-लम्बी सांसे लेते रहो' अब मैं थोडा अच्छा महसूस कर रहा था । वो मेरे बगल में आकर बैठ गई और अपने भीगे बालों को समेटने लगी ।

मैं उसे ही देखे जा रहा था फिर मैंने पूछा 'नाम क्या है तुम्हारा ?' उसने चुटकी लेते हुए कहा 'हद हो गई राइटर महोदय ! आपको नाम की पड़ी है ? अरे जान बचाया है मैंने आपका, एक थैंकयू टाइप तो कुछ बोल ही सकते हैं न ।'

मैंने चौंकते हुए उसे कहा 'अरे थैंक्स ! नाम तो मैं इसलिए पूछ रहा हूँ ताकि तुम पर एटेम्पट टू मर्डर का केस कर सकूँ ।' उसके बाद जैसे ही उससे मेरी नजर मिली मैं मुस्कुराने लगा, मुस्कुराते हुए उसने कहा 'तुम राइटर ही हो न ?'

मैंने भी हँसते हुए जवाब दिया 'क्यों ? फिर से धक्का मारना है क्या ?'

उसने हँसते हुए कहा 'नहीं नहीं अब तो बिलकुल भी नहीं, फिर ये लॉयर की तरह कोर्ट कचहरी की बातें क्यों कर रहे हो ?'

मैं थोड़ा मुस्कुराया फिर हिचकिचाते हुए कहा 'पता है, मैं कितना डर गया था तुमने अचानक से धक्का जो दे दिया । लेकिन आज तुम न होती तो शायद मैं सच में इस नदी में बह रहा होता ।' वो मुस्कुराई और अपने भीगे बालों को संवारते हुए कहा 'सौम्या.... सौम्या नाम है मेरा ।'

'राजीव' मैंने कहा ।

सोचते हुए उसने कहा 'हम्म्म्म.... मैं वजह तो नहीं जानती पर खुदकुशी करने का कारण सॉलिड नहीं था राजीव, इसलिए तुम मर नहीं सके । वरना ख़ुदकुशी करने वाले को डर नहीं लगता ।'

ये लड़की जो अपना नाम सौम्या बता रही है, वो मुझे काफी तेज यानी कि समझदार लग रही है | पर पता नहीं क्यों ! इतना कुछ होने के बाद भी उसका बात करना अच्छा लग रहा था इसलिए मैंने बातचीत का सिलसिला जारी रखा और उसकी बातों का जवाब देता रहा ।

'हाँ...हाँ और सौम्या ने तो जैसे ख़ुदकुशी पर पीएचडी कर रखा है ।' मेरी बात सुनकर वो थोड़ा मुस्कुराई फिर एकदम मजाकीय अंदाज़ में जवाब दिया 'बिलकुल, पुरे चार बार ख़ुदकुशी करने की कोशिश कर चुकी हूँ । लेकिन फिर लगता है .... यार मरने में कौन सी बहादुरी है, दिलेरी तो जिन्दा रहकर मुश्किलों का सामना करने में है ।' फिर उसने हँसते हुए कहा 'पता है, मैं हमेशा यहाँ क्यों मरने आती हूँ ? क्योंकि मुझे तैरना आता है, मरने के लिए कूद तो जाती हूँ लेकिन फिर जैसे ही जिन्दगी की कीमत पता चलती है न... तो फटाक से तैरकर बाहर ।'

मैंने पहले भी कहा था न कि ये लड़की काफी समझदार है लेकिन ये तो चलती फिरती दर्शनशास्त्र भी निकली जो यहाँ बैठे-बैठे मुझे जीवन जीने की कला भी सिखा रही है। मतलब बिलकुल सही कहा उसने जिन्दगी

की असली कीमत तब ही पता चलती है जब हम मौत के दहलीज़ पर खड़े हो । फिर मैंने उसे कहा 'जब इतनी समझदार हो ही फिर मुझे क्यों मौत के मुँह में धकेला, कहीं मुझे कुछ हो जाता तो फिर तुमसे यहाँ बातें कौन करता ?'

उसने बड़े ही प्यार से जवाब दिया 'अरे ऐसे कैसे कुछ हो जाता मैं थी न तुम्हारी रक्षा के लिए और धक्का तो मैंने इसलिए दिया ताकि राजीव नाम के बुद्धू राइटर को समझ आ जाए कि ख़ुदकुशी किसी चीज का हल नहीं है ।' उसका ये अंदाज मेरे दिल को छू गया । मैं बस उसकी आँखों में ही देखे जा रहा हूँ और वो शर्मीले अंदाज़ में मुस्कुरा रही है ।

रात का अंधेरापन छंटने लगा था और एक नई सुबह बाहर आने के लिए संघर्ष कर रही थी । इस बीच मैं और वो एक दूसरे को मुस्कराहट के साथ देखे जा रहे थे और बातें भी हो रही थी । मुझे जैसे लग रहा था कि कहीं न कहीं मैं उसे पसंद करने लगा । अब एक लड़की में कोई क्या ढूंढता है, सुन्दरता या नहीं तो दिमाग... मतलब समझदारी । फिर मुझे तो यहाँ दोनों खूबियाँ दिख रही है । अंग्रेजी में एक कहावत है न 'ब्यूटी विद ब्रेन' और ये कहावत सौम्या पर पूरी तरह फिट बैठता है

बॉस, फिर तो पसंद आना लाज़मी है न । अब धीरे-धीरे उजाला भी पैर पसारने लगा । सबकुछ अच्छा चल ही रहा था..... अचानक से उसका मुस्कुराता चेहरा डर में बदलने लगा और उसने मुझे कहा 'अब तुम्हें यहाँ से जाना चाहिए ।' मुझे यहाँ से जाना चाहिए ! सौम्या की यह बात सुनकर मुझे बहुत अजीब लगा, पता नहीं उसे अचानक क्या हो गया ? अभी तो मैं रति भाव में डूब ही रहा था कि अचानक मुझे यहाँ से जाने को कहकर मानो जैसे उसने मेरे सारे अरमानों पर पानी ही फेर दिया । उसके चेहरे की घबराहट बढ़ने लगी । एक पल के लिए तो मुझे लगा कि वो फिर से कोई मजाक कर रही है इसलिए मैंने कहा.... 'फिर से मजाक नहीं सौम्या।'

उसने कहा 'अँधेरे की बात कुछ और थी राजीव, उजाले में सब दिखता है ।' वो क्या कह रही है, मुझे तो कुछ समझ में ही नहीं आ रहा । पता नहीं अचानक से वो मुझे कौन सी पहेली समझाने लगी या फिर कोई इशारा... मेरे पल्ले कुछ नहीं पड़ा ।

लेकिन मुझे वो कुछ असहज सी दिख रही इसलिए मैंने उसे फिर पूछा 'सौम्या ! तुम कहना क्या चाहती हो और अचानक से ये तुम्हें हो क्या गया ? तुमने क्या

कहा मैं कुछ समझ नहीं पा रहा हूँ, आराम से बैठकर बात करते हैं न ।'

मुझे लगा शायद वो समझेगी और बताएगी कि आखिर उसे हुआ क्या और वो इस तरह क्यों घबरा रही है ? लेकिन इसबार तो हद ही हो गई, अचानक से वो गुस्से में जोर से चिल्लाई 'मैंने कहा न निकलो यहाँ से, समझ नहीं आता तुम्हें ।'

यकीन मानिए उसका ये रूप काफी डरावना लग रहा और जिस तरह से वो मुझे घूर रही है, उससे तो मैं बिलकुल डर ही गया । लेकिन फिर भी मैं उसके करीब जा रहा , न जाने क्यों ? क्योकि मैं उसे इस तरह छोड़कर नहीं जा सकता क्योंकि आज अगर मैं जिन्दा हूँ तो उसकी वजह है सौम्या । इसलिए मैंने फिर उसे यकीन दिलाते हुए कहने लगा 'देखो तुम मुझपर विश्वास कर सकती हो, और मैं तुम्हें ऐसे छोड़कर नहीं जा सकता... तुम भी मेरे साथ चलो ।' इतना कहते ही मैंने उसका हाथ पकड़ा 'चले सौम्या !' मैं कुछ और कहता... उससे पहले ही 'चले जाओ यहाँ से' चिल्लाते हुए उसने मुझे इतने जोर का धक्का दिया कि मैं थोड़ा दूर जाकर गिर पड़ा । अचानक से जोर की बिजली कड़की और जैसे ही मैं उठकर उसकी तरफ देखा... तो ये क्या ! वो

तो वहाँ थी ही नहीं । मैंने भागते हुए अगल-बगल सब जगह देखा लेकिन सौम्या मुझे कहीं नजर ही नहीं आ रही ।

इसबार बिजली और जोर से कड़की और अब इस सुनसान इलाके में मैं अकेला ही खड़ा था । मैं एकदम सन्न रह गया कि आखिर सौम्या गायब कहाँ हो गई ? इसे जादू समझूं या कोई रहस्य ? मुझे कुछ समझ नहीं आ रहा, मुझे अब सन्नाटों के बीच इस जंगल की आवाजें सुनाई देने लगी और ऐसा लग रहा था जैसे कोई है जो मुझ पर हमला करेगा ।

बिजली तो कड़क ही रही थी अब हल्की बारिश भी शुरू हो गई । इतने में अचानक से ज़ोर का धमाका हुआ, दूर कहीं से तेज रौशनी की चमक आई और अचानक से पुल के सारे लाइट्स बंद हो गए ।

सब कुछ इतने अचानक और तेज़ी से हो रहा था कि मैं कुछ और सोचने के लायक ही नहीं रहा । इस वक्त मुझे ठीक ऐसा एहसास हो रहा जैसा उस वक्त नदी में... जब मैं डूबता जा रहा था, मानो जैसे कोई मेरे शरीर से मेरी जान निकाल रहा हो ।

देखा जाए तो मैं यहाँ आया तो था अपनी जान देने, लेकिन अचानक से इतना सब कुछ होने के बाद

मुझे अपनी जान की कीमत मालूम पड़ गई । इस वक्त मैं बस यही सोच रहा हूँ कि किसी तरह यहाँ से अपनी जान बचा लूँ। इसलिए मैं पूरी ताकत से बिना पीछे देखे शहर की ओर भागने लगा वो भी बिना यह सोचे कि सौम्या का हुआ क्या ?

चैप्टर 4 - चाय की टपरी

जब मैं 5वीं में था तो एक बार मेरे स्कूल में 200 मीटर की रेस हुई । उसकी तैयारी के लिए मैं करीब सप्ताह भर पहले से घर के बगल वाले मैदान में दौड़ लगाया करता था, क्योंकि मुझे जीतना था । लेकिन ऐसा हुआ नहीं । रेस के लिए हम मैदान में उतर तो गए, लेकिन जैसे ही रेस शुरू हुई... मैं करीब 50 मीटर भी नहीं दौड़ा होऊंगा कि मेरे पाँव में ऐसा मोच आया कि उस दिन क्या मैं तो पूरे महीने भर चल नहीं सका था ।

उस दिन के बाद से मैं फिर कभी नहीं दौड़ा क्योंकि मुझे लगा कि दौड़कर कुछ मिलने वाला तो है नहीं बल्कि मेरा नुकसान ही है । लेकिन आज जब मैं बिना पीछे देखे बस शहर के ओर दौड़ा जा रहा हूँ, तो मुझे बस एक ही चीज समझ आ रही कि अगर मैं दौड़ता रहूँगा तो बचा रहूँगा ।

भागते – भागते मैं अब शहर में लगभग घुस ही चुका हूँ । यहाँ से मेरा घर भी बहुत दूर नहीं है । सुबह भी हो ही चुकी है लेकिन बारिश की वजह से मौसम

इतनी साफ़ नहीं है । यूँ तो मुझे जो भी देख रहा है उसे यही लग रहा होगा कि मैं बारिश के पानी से भींगा हूँ, लेकिन यकीन मानिए भीतर ही भीतर मैं पसीने से लथपथ हूँ । अब मैं थोडा सुरक्षित महसूस कर रहा था इसलिए मैं थोडा धीमे – धीमे चलने लगा । मेरी सांसे फूल रही थी और मैं अभी भी कहीं शून्य में खोया हुआ था ।

इतने में चाय के टपरी पर बैठे मेरे दोस्त बंटी ने मुझे देख लिया । जो रात भर मेरी तलाश में इधर-उधर भटक रहा था । उसने चाय का कुल्हर फेंका और तेजी से मेरी तरफ गलियाँ देते हुए बढ़ा ।

'कहाँ भटक रहा था बे सारी रात तू, पता भी है तेरे पापा - मम्मी का क्या हाल है ?' ये सब बोलते हुए वो गुस्से में मेरे पास तो आया लेकिन जैसे ही उसने मेरी ऐसी हालत देखी, वो शांत सा हो गया । मेरा हाथ पकड़कर वो मुझे एक जगह बैठाया और पानी लाकर मुझे पिलाया । फिर चाय की टपरी वाले छोटू से चाय और बिस्कुट लाने को कहा । मेरी हालत देखकर वो इतना समझ चुका था कि मेरे साथ कुछ तो हुआ है । मैं कुछ बोलता उससे पहले उसने मेरे पापा को कॉल किया ' हैलो ! हाँ अंकल... वो राजीव मिल गया । वो

अपना दोस्त है न सुमित, उसी के घर पर था । तबियत कुछ ठीक नहीं था इसलिए वहीं सो गया । क्या.... नहीं अभी तो सोया हुआ है... जैसे ही उठता है तो लेकर आता हूँ न घर पर... ओके बाय ।'

भई दोस्त हो तो ऐसा जो बिना कुछ बोले भी सब समझ जाए कि क्या करना है, अब मैं थोडा अच्छा महसूस कर रहा था । मैंने उससे पूछा 'नीतू कैसी है अब ?' वो गुस्सा हो गया 'अच्छा तो महाशय इस लैला के कारण मजनू बने पूरी रात घूम रहे थे और हमलोग यहाँ आपकी चिंता में मरे जा रहे ।' फिर उसने गुस्से में ही कल रात की पूरी दास्तां सुना दी कि कैसे पूरी रात मम्मी - पापा बेचैन रहे और वो कैसे पागल की तरह मुझे हर जगह ढूंढे जा रहा था । मैंने उसे समझाया कि ऐसी कोई बात नहीं है और फिर मैंने उसे हिचकिचाते हुए बताया कि उसका कॉल आया था । मुझे लगा उसने मेरी वजह से स्लीपिंग पिल्स लिया, इसलिए मैं उस पुल पर खुदकुशी करने गया था । बस वो इतना ही सुना और उबल पड़ा ।

'अबे साले तू जिसके लिए जान देने चला था वो चुड़ैल हॉस्पिटल में बैठ के जूस पी रही है । और तुझे ये किसने कहा कि स्लीपिंग पिल्स उसने तेरे लिए खायी

थी... ज़रूर तूने खुद सोच लिया होगा, अन्तर्यामी जो ठहरा । तो सुन पिल्स उसने खाया था अपने बॉयफ्रेंड आकाश के लिए क्योंकि उसके घरवाले उनकी शादी के लिए नहीं मान रहे थे । अब सब मान गए और शादी भी फिक्स हो गई, अब बस तू वहाँ गाना गाने मत चले जाना ।' इतनी सारी बातें जैसे उसने एक सांस में कह दी, यकीन मानिए मुझे अभी कोई फर्क नहीं पड़ रहा था कि नीतू ने क्या किया । मेरे चेहरे पर थोडा सा डर था और मन में बस एक ही बात चल रही थी कि वो असल में सौम्या ही थी ? अगर वो नहीं थी, तो आखिर थी क्या ? मैं अपने ही ख्यालों में खोया हुआ था । इधर छोटू चाय लेकर आया 'ये लो राजीव भैया आपकी गरमागरम चाय और ये बिस्कुट ।' मैंने कोई जवाब नहीं दिया, तो बंटी ने उसके हाथ से चाय ले लिया । उसने चाय वहीं टेबल पर रखते हुए बोला 'तुझे याद है राजीव जब हम स्कूल में थे तो तेरे साथ कभी भी कुछ होता था तो तू फटाक से मेरे पास आकर सारी बातें बता देता था बिना किसी हिचक के । और तू टेंशन न ले अंकल-आंटी को कुछ पता नहीं चलेगा, मगर मेरे भाई तू बता तो सही आखिर बात क्या है ?'

जो भी हुआ वो मैं बंटी को बताना तो चाहता हूँ, लेकिन फिर ये ख्याल आ रहा है कि ये मेरी बातों पर

विश्वास करेगा या नहीं । दरअसल इन बातों पर मुझे खुद यकीन नहीं हो रहा था कि जिसने मुझे मरने से बचाया वो अचानक से गायब कैसे हो गयी ? वहाँ बैठा मैं बस यही सब सोच रहा था । जिस चाय की टपरी पर बैठ मैं कभी माहौल जमाया करता था, वहाँ मैं आज एकदम शांत बैठा हूँ ।

ये बात मेरे यार को जम नहीं रही थी, वो फिर कोशिश करने लगा कि मैं कुछ बोलूं । फिर उसने एक रिक्शे वाले की तरफ इशारा करते हुए कहने लगा 'याद है राजीव किस तरह हम स्कूल से आते वक्त रिक्शे की हवा निकाल दिया करते थे और फिर दौड़कर भागते थे कि कहीं हम पकड़े न जाएं ।'

उसकी भूतकाल की कथा चल ही रही थी, इतने में मेरी नजर रिक्शे के पास आई एक लड़की पर पड़ी...वही कद-काठी वही रूप, जो सौम्या की थी । अब मैं उसे गौर से देखने लगा वो हाथ में छाता लिए आधी भींगी हुई रिक्शे वाले से कुछ कह रही थी । इसी बीच मैंने चाय की गिलास उठाई उसमें बिस्कुट डुबोया और खाने लगा । तभी उस लड़की ने छाता मोड़ा रिक्शे पर बैठी, अब मैं इसे सामने से देख सकता हूँ । उसे देखते ही मेरे हाथ से गिलास छुट गया और मैं उठ खड़ा हुआ, मेरे इस

हरकत से बंटी की चलने वाली भूतकाल की कथा अचानक बंद हो गई और उसने कहा 'क्या हुआ बे, दिन में भूत देख लिया क्या ?'

मैंने कहा 'हाँ'।

क्योंकि रिक्शे पर बैठने वाली लड़की कोई और नहीं बल्कि सौम्या ही है।

चैप्टर 5 - स्विमिंग चैंपियन

ये कैसा एहसास है ये तो मुझे पता नहीं लेकिन मैं भीतर ही भीतर बहुत खुश हो रहा हूँ यह जानकर कि सौम्या असल में है । मेरे कहने का मतलब है वो भी हमलोगों की तरह ही इंसान है, मैं भी ना उसके बारे में क्या फालतू सोचे जा रहा था । अगर वो कोई आत्मा या भूत टाइप कुछ होती तो यूँ रिक्शे से थोड़ी न घूमती ? है की नहीं ? मेरी बातों में दम तो है ।

सौम्या ने रिक्शा पर बैठते ही अपना चेहरा ढंक लिया और फिर रिक्शा धीरे से चल पड़ा । ये देख ख़ुशी तो बहुत हुई कि सौम्या सही सलामत है । लेकिन फिर वो क्या था जो नदी किनारे मेरे साथ हुआ ? वो वहाँ से अचानक गायब कैसे हो गयी ? ये सब मुझे जानना ही था । मेरे पास अभी सोचने के लिए ज्यादा समय नहीं था क्योंकि सौम्या धीरे – धीरे मेरी पहुँच से दूर निकल रही है । अगर मुझे वो सब जानना है तो इसके लिए मेरा सौम्या से बात करना बेहद ज़रूरी था इसलिए मैंने उसका पीछा करने का सोचा । मैंने बंटी से कहा 'भाई तू

बाइक से ही आया है न ?' उसने 'हां' में जवाब दिया । तो जल्दी से स्टार्ट कर और मेरे पीछे आ । उसने आश्चर्य से पूछा 'लेकिन हुआ क्या, कहाँ जाना है ? मैंने उससे कहा 'देख भाई तू जो पूछेगा, मैं सब बताऊंगा । फ़िलहाल मुझे उस रिक्शे का पीछा करना है तू जल्दी से आ'। अगल – बगल के लोग भी आज मेरी इन हरकतों को देख आश्चर्य में हैं ।

मैं पैदल ही उस रिक्शे की तरफ बढ़ रहा था । रिक्शा अब बाज़ार के भीड़ से मोहल्ले की ओर बढ़ रहा है और उसकी रफ़्तार भी तेज हो रही है । मैं थोड़ी दूर ही आगे बढ़ा कि इतने में बंटी भी बाइक ले कर मेरे पास आ गया । मैं बाइक पर बैठा और बंटी को दायीं ओर गली में जाते हुए रिक्शे की ओर इशारा करते हुए कहा 'उस रिक्शे का पीछा कर और सुन बस पीछा करना है, उसके आगे नहीं जाना है ।' दरअसल ये गली नीतू के घर की ओर जाती है इसलिए बंटी को लगा शायद मैं नीतू का पीछा कर रहा हूँ ।

'ये तो नीतू के घर वाला गली है, कौन है उस रिक्शे पर ? कहीं वो चुड़ैल हॉस्पिटल से डिस्चार्ज होकर घर तो नहीं जा रही न ? और राजीव तू इस नीतू का पीछा क्यों कर रहा है मेरे भाई ?' मैंने उससे कहा 'इस गली में

सिर्फ नीतू का ही घर है क्या ? तू चुपचाप पीछा कर न उस रिक्शे का'। रिक्शा अब नीतू के घर से आगे निकल गया और उस तरफ जा रहा है जिस ओर आबादी कम थी। हालांकि लोग वहां भी रहते हैं लेकिन जगह काफी शांत है शहर के हलचल से दूर... वो होता है न बड़ा बड़ा बंगला और रहने वाले कम, कुछ उस तरह का।

इतने में बंटी फिर बोला 'लेकिन हम पीछा किसका कर रहे हैं ?'

'सौम्या का' मैंने कहा।

'अब ये सौम्या कौन है तेरे जिन्दगी में जिसे मैं नहीं जानता ?'

'बंटी यार तू चुप रहेगा। मैंने कहा न सब बता दूंगा अभी तू पीछा कर न बस।' बंटी अब मुँह बनाकर चुप हो गया और अचानक से गाड़ी रोक दी क्योंकि कुछ ही दूरी पर आगे एक कोठी के पास वो रिक्शा भी रुक गया। सौम्या उतरी और रिक्शे वाले को पैसा देकर जल्दी में घर की ओर बढ़ी। किसी ने दरवाजा खोला और वो अंदर चली गई। मैं अब तक ये सोचकर रुका था कि कहीं ये घर सौम्या का नहीं हुआ तो यहाँ जाना सही नहीं होगा। लेकिन मेरा ये सोचना गलत साबित हुआ क्योंकि घर के बाहर सौम्या के ही नाम का नेमप्लेट

लगा था इसलिए मैंने घर के अंदर जाने की सोची । बंटी कहने लगा 'भाई कौन है ये सौम्या ? जिसके इश्क़ में भागा-भागा तू उसके घर तक पहुँच गया और अपने भाई को आज तक उसके बारे में पता भी नहीं लगने दिया ।'

मैंने बंटी को अपना मुँह बंद करने को कहा । अब तक मैंने बंटी को कुछ बताया नहीं था इसलिए बेचारा वो खुद ही अपने मन में तरह तरह की कहानियाँ बनाने लगा । मैं अब उसके घर के बाहर दरवाजे तक पहुँच चुका था । मैं कुछ करता उससे पहले ही मेरा जिगरी यार बंटी ने खुशी के मारे खुद डोरबेल दबा दिया । अगले ही पल एक बुज़ुर्ग व्यक्ति ने घर का दरवाजा खोला ।

देखने से वो घर के सदस्य तो नहीं लग रहा, शायद कोई होगा जो उसके घर में काम करता होगा । ख़ैर मैंने उनसे कहा 'अभी जो मैडम अन्दर आयी हैं, हमें उनसे कुछ काम है तो आप उन्हें बुला देंगे तो बड़ी मेहरबानी होगी ।' बाहर अभी भी हल्की हल्की बारिश हो रही है और मेरे साथ बंटी भी लगभग भींग ही चुका था । उस बुज़ुर्ग आदमी ने मौसम को देखते हुए कहा 'आपदोनों अन्दर आकर यहाँ सोफे पर बैठ जाइए मैं मैडम को बुला

देता हूँ ।' वो अन्दर मैडम यानी सौम्या को बुलाने चले गए । मैं वहाँ बैठे चारों ओर नजर घुमाकर सौम्या का घर देख रहा और मेरा दोस्त बंटी एकटक नज़र गड़ाए मुझे देखे जा रहा है । मेरी नज़र दीवार पर टंगी कुछ तस्वीर और टेबल पर सजे कुछ ट्राफी एवं शील्ड पर गयी । तभी वो बुजुर्ग आदमी ने बाहर आते हुए कहा 'मैडम आ रही हैं आपलोग कुछ लेंगे क्या ?' मैंने कहा 'नहीं हम कुछ नहीं लेंगे ।' और फिर मैंने उस दीवार और टेबल की ओर इशारा करते हुए कहा 'काफी मेडल और ट्राफी जीत रखा है आपकी मैडम ने और वो तो स्विमिंग चैंपियन भी हैं ।' उन्होंने कहा 'हाँ बहुत कुछ जीता था उन्होंने.. स...' वो आगे कुछ कहते इतने में सौम्या बाहर आ गई और उसने उस बुजुर्ग नौकर की बात काटते हुए 'रघुनाथ काका आप भीतर पापा के पास बैठिए, इनसे मैं बात कर लेती हूँ ।' सौम्या को देखकर मैं बहुत खुश हो गया, मानो कल रात मेरे साथ ऐसे भीगी जैसे अभी भी उसका बाल नहीं सूखा है । उसने हमें बैठने को कहा और वो खुद भी बैठ गई । फिर उसने मुझे देखते हुए कहा 'कहिए क्या बात करनी है आपको और माफ़ कीजिएगा मैंने आपको पहचाना नहीं ।'

मेरे तो होश ही उड़ गए जब उसने ये कहा कि उसने मुझे पहचाना नहीं, कल पूरी रात हमदोनों साथ थे

और अभी कह रही है कि इसने मुझे पहचाना नहीं । बंटी जो अब तक शांत था वो अचानक अब बीच में कूद पड़ा 'राजीव... भाई तू किस लड़की के पीछे आ गया जो तुझे पहचानती ही नहीं.... और तू सौम्या सौम्या किए जा रहा था ।'

सौम्या ! जो मुझे पहचानने से इनकार कर रही थी अब वो भी मुझ पर गुस्सा होते हुए बोली 'तुम मेरा पीछा कर रहे थे...आखिर क्यों ? और तुम सौम्या को कैसे जानते हो ?'

उसने मुझे कहा कि वो मुझे नहीं पहचानती ये मैं मान सकता हूँ रात को नशे के हालत में थी तो नहीं याद होगा । लेकिन वो ऐसे पूछ रही है कि तुम सौम्या को कैसे जानते हो जैसे वो सौम्या है ही नहीं, सौम्या कोई और हो । 'मैडम, मैं सौम्या को कुछ ऐसे जनता हूँ कि वो कल पूरी रात मेरे साथ ही थी और वो सौम्या तुम हो ।'

मेरी बात सुनकर वो हंसने लगी और बोली 'सौम्या कल पूरी रात तुम्हारे साथ थी और मैं सौम्या हूँ, मजाक अच्छा कर लेते हो लेकिन मैं सौम्या नहीं हूँ ।' फिर उदास होते हुए उसने कहा 'दरअसल सौम्या अब है ही नहीं इसलिए अब आप मुझे परेशान मत कीजिए ।

देखिए बारिश भी छूट गई है और अच्छा यही होगा कि आपलोग यहाँ से निकल जाएं ।' मुझे समझ नहीं आ रहा आखिर ये मुझे पहचानने से इनकार क्यों कर रही ? इधर बंटी भी मुझे घूरे जा रहा था और वापस चलने का इशारा कर रहा । इस वक्त मैं वहाँ से वापस जाना ही अच्छा समझ रहा था ।

लेकिन अचानक से न जाने मुझे क्या हुआ, मैं तोते की तरह बोलने लगा 'सही कहा तुमने, तुम सौम्या नहीं हो । अब कहोगी इन तस्वीरों में भी तुम नहीं हो, ये मेडल तुम्हारे नहीं है और तो और कल रात को तुम उस बदनाम पुल पर भी मेरे साथ नहीं थी और तुमने तो मुझे डूबने से भी नहीं बचाया।'

वो पुल का नाम सुन चौंक-सी गयी और बोली 'कौन सा पुल ?' और इधर बंटी भी बीच में कूद पड़ा 'साले तू सच में कूद गया था मरने के लिए ?' बंटी तो मेरी आँखों के इशारा से ही समझ गया था कि अभी उसे चुप रहना है और उसे मैंने जवाब दिया 'वही पुल जहाँ बैठ तुम आराम से सुट्टे फूंक रही थी । यार तुम तो हर बात को ऐसे पूछ रही हो जैसे कि तुम सौम्या हो ही नहीं उसकी कोई हमशक्ल हो । सुनो ! बन्द करो अपना नाटक ।'

वो पूरी सन्न हो चुकी थी यह सुन कि कल उस पुल पर मुझे सौम्या मिली । फिर उसने जो कहा वो सुनकर मैं दंग रह गया कि वो सौम्या, नहीं उसकी जुड़वां बहन समायरा है । और सौम्या अब इस दुनिया में नहीं रही । अब बंटी भी एकदम शांत हो गया और जिसे मैं अब तक सौम्या समझ रहा था उसकी आँखों से लगातार आंसू आ रहे थे ।

फिर मैंने उनदोनों को कल रात की पूरी आपबीती सुनाई, मेरे साथ जो-जो हुआ वो सब । बंटी तो मेरी कहानी सुनने के बाद मुझे ऐसे देख रहा था जैसे सदमे में चला गया हो और समायरा रोती ही जा रही थी । मैंने उसे शांत करते हुए पूछा 'मतलब कल रात जो मेरे साथ थी वो सौम्या की आत्मा थी और उस आत्मा ने मुझे बचाया ?'

समायरा की आँखों से आंसू निकल ही रहे थे और उसने कहा 'काश ! कभी मेरी बहन मुझे भी दिखती । मेरे पास भी आती, मुझसे बातें करती ।' इतना कहने के बाद वो फिर रोने लगी और मैं उसे दिलासा देते हुए कहा 'हौसला रखो । और सॉरी मैंने तुम्हें ये सब करके दुःख पहुँचाया हो , लेकिन सौम्या के साथ आखिर हुआ क्या ?' मुझे नहीं पता कि इस वक्त ऐसा सवाल करना

चाहिए या नहीं लेकिन मेरी निगाहें अभी भी सौम्या पर ही टिकी हुई है इसलिए मैंने पूछ ही लिया । समायरा को मैंने पानी पिलाया फिर वो थोड़ी शांत हुई और उसके बाद उसने सौम्या के बारे में बताना शुरू किया ।

उसकी बहन यानी समायरा ने मुझे बताया कि सौम्या एक जर्नलिस्ट थी । जब आखिरी बार उसकी सौम्या से बात हुई तो उसने बताया कि वर्क का बहुत प्रेशर है । लेकिन बाद में क्या हुआ उसे नहीं पता और अगली सुबह उसकी लाश वहीं से मिली जहाँ उसने मुझे बचाया था । उसने कहा 'सौम्या ने खुदकुशी की थी ।' एक पल के लिए मुझे काफी अजीब लगा कि मैं किसी भूत के साथ पूरी रात था । लेकिन उस रात की एहसास मेरे दिल में ऐसा घर बना गया था कि मुझे तो अब समायरा ही सौम्या लग रही है ।

अब समायरा भी शांत होते हुए मुझे कहा 'सौम्या ने खुदकुशी कर लिया था इसलिए जब उसने तुम्हें देखा होगा खुदकुशी करते तो उसने तुम्हें बचा लिया । काश वो भी समझ जाती कि खुदकुशी करना कोई हल नहीं था । उसके जाने का गम पापा झेल नहीं पाए और तब से जिन्दा लाश की तरह पड़े हैं ।' उसके कहने के अंदाज से मुझे ये लग रहा था कि शायद वो चाहती है कि मैं

यही समझूं कि सौम्या ने खुदकुशी किया है । ये अलग बात है कि मुझे विश्वास नहीं हो रहा है कि जिसने मुझे समझाया कि खुदकुशी गलत है वो खुद खुदकुशी कैसे की होगी ?

खैर मैंने मन ही मन सौम्या को शुक्रिया कहा और फिर हम उसके पापा से मिलें, सच में वो एक जिन्दा लाश से कम नहीं थे और उनका रूम बिलकुल हॉस्पिटल सा लग रहा था । वो बुजुर्ग व्यक्ति इनके देखभाल के लिए ही हैं, जिन्होंने हमारे लिए दरवाजा खोला था ।

बाहर मौसम साफ़ हो चुका था । बंटी अभी भी कहीं खोया था, मैंने उसका हाथ पकड़ा और उसे बाहर लेकर आ गया । समायरा भी हमें बाहर तक छोड़ने आई, मैंने उसे कहा 'कभी भी मेरी जरूरत हो तो मुझे याद जरुर करना ।' उसने मुस्कुराते हुए 'ज़रूर' कहा। फिर मैंने बाइक स्टार्ट किया और बंटी को पीछे बैठाकर हम चल पड़े मेरे घर की ओर ।

मैं जैसे घर के भीतर घुसा पहले पापा से ही मुलाकात हो गई, जो गुस्से में मुझपर बरस पड़े 'भला ऐसा भी कोई करता है ? बिना बताए रात भर घर से बाहर, एक कॉल नहीं कर सकते थे क्या ?' मैंने फ़ोन खराब होने का हवाला दिया, वो मुझ पर और गुस्सा हो

गये 'अच्छा तो तुम्हारे दोस्त सुमित का भी फ़ोन ख़राब हो गया था क्या ?' इतने में मेरी प्यारी मम्मी आ गईं और उन्होंने मेरी साइड लेते हुए कहा 'अरे बेचारा भींग गया है, पहले उसे कपड़े तो बदल लेने दो ।' फिर जवाब देते हुए पापा ने कहा 'हाँ – हाँ और करो प्यार दुलार ! तुम्हारे लाड़-प्यार ने ही बिगाड़ रखा है इसे ।' मम्मी ने फिर कहा 'ठीक है...ठीक है अभी इसे नहा-धो लेने दो ।' और कान खींचते हुए कहा 'फिर इसकी खबर तो मैं लूंगी ।' फिर उन्होंने बंटी की तरफ देखते हुए कहा 'ये कुछ बोल क्यों नहीं रहा ?' मैंने जवाब दिया 'कुछ नहीं मम्मी, वो बेचारा थक गया है न तो हम फ्रेश होकर आ रहें... और हाँ बंटी भी हमारे साथ खाना खाएगा ।' फिर हमदोनों अपने रूम में पहुँच गए ।

हमदोनों फ्रेश हुए और आराम से अपने रूम में बैठ गए । बंटी अभी भी कहीं खोया हुआ था । मैंने उससे कहा 'यार बंटी मुझे एक नया फ़ोन लेना है मार्केट चलें क्या ?' अब वो बोल पड़ा 'साले तुझे मोबाइल की पड़ी है, मैं तो ये सोचकर मरा जा रहा हूँ कि तू पूरी रात एक भूत के साथ था ।'

'यार सच कहूँ तो वो मुझे भूत लगी ही नहीं, मैं तो उसे पसंद करने लगा था ।' इतना सुनते ही बंटी ने ताली

मारी और कहने लगा 'सही है बेटा जीती-जागती चुड़ैल से पीछा छूटा तो अब दिल भूत पे आ गया, मुझे तो लग रहा है अभी भी तुझपर उसका साया है ।' लगता है बंटी को मेरी कहानी सुन जोर का सदमा लगा, इसलिए ऐसी बहकी बहकी बातें कर रहा है । इसी बीच मुझे ख्याल आया कि अगर सौम्या ने खुदकुशी की है तो उससे जुड़े ख़बर इन्टरनेट पर तो जरुर होंगे । ऊपर से वो खुद भी एक जर्नलिस्ट थी तो खबर तो जरुर ही बनी होगी । जिसने मेरी जान बचाई आखिर उसके बारे में जानना तो बनता है न ।

जैसे ही ये रिसर्च करने की बात मैंने बंटी को बताई उसने मुझे कोसना शुरू कर दिया 'ऐसा कर, तू फिर से चला जा उसी पुल पर तब तुझे देखकर तो वो आएगी ही । तो पूछ लेना उससे ही, जो पूछना है तुझे । जरूरी ही क्या है उसके बारे में कुछ पता करने की ?' मैंने मजाक में कहा 'देख उसका साया मेरे ऊपर है और तू मुझे मना कर रहा है ये वो भी देख रही है, कहीं वो बुरा न मान जाए ।' बंटी तुरंत बोला 'मैं कहाँ मना कर रहा, चल करते है पता सौम्या जी के बारे में... ला लैपटॉप ।'

मुझे अबतक नहीं पता था कि मेरा दोस्त बंटी भूतों से डरता है । खैर वो सर्च करने लगा और उस दौरान

उसने बताया कि वो "इन्वेस्टिगेटर इंडिया" वेब न्यूज़ में जर्नलिस्ट थी । मरने से पहले किसी मंत्री का खुलासा करने की बात कर रही थी । उसी के अगले दिन उसकी लाश नदी में मिली और पोस्टमार्टम के मुताबिक ये सुसाइड नहीं था । उसी बीच उसके पिता पर भी जानलेवा हमला हुआ और वो कोमा में चले गए । घरवालों ने कहा कि उन्हें कोई इन्वेस्टीगेशन नहीं चाहिए और उन्होंने कोई एफ.आई.आर नहीं किया । इसलिए केस बंद हो गया और ये मुद्दा भी शांत हो गया ।

फिर बंटी ने मुझे एक फोटो दिखाई जिसे देखकर मैं दंग रह गया क्योंकि उस फोटो में सौम्या ने वही कपड़े पहने है जैसा कि उसने कल रात पहना था । उसके हाथ और पाँव पर रस्सी बांधने के निशान भी थे ।

मुझे तो पहले विश्वास ही नहीं हो रहा था कि जिसने मुझे खुदकुशी करने से रोका वो खुद खुदकुशी कैसे कर सकती है ? जरुर उसके मौत के पीछे कोई राज़ है, नहीं तो भला एक स्विमिंग चैंपियन नदी में डूब कैसे सकती है ?

अब मेरा सिर ये सोचकर चकरा रहा है कि समायरा ने हमसे झूठ क्यों कहा कि सौम्या ने वर्क प्रेशर के कारण सुसाइड किया था और उसके पापा सदमे की

वजह से जिन्दा लाश बने हुए हैं । अब इन सारी बातों को लेकर मैं अंदर ही अंदर उलझ चुका हूँ । मुझे बस एक ही बात समझ नहीं रही है कि आखिर समायरा ने हमसे झूठ क्यों बोला ? क्या वो किसी मुसीबत में है या फिर सौम्या की मौत में उसका भी कोई हाथ है ?

चैप्टर 6 - द डिटेक्टिव

मैं वैसे भी अभी तक कल के सदमे से उबरा नहीं था और बंटी के दिन की शुरुआत ही सदमे से हुई थी । बंटी भी यह समझ नहीं पा रहा था कि आखिर समायरा ने झूठ क्यों बोला । फिर बंटी ने कहा 'देख राजीव जो हुआ उसे हम बदल तो नहीं सकते और अगर समायरा झूठ बोले या सच हमें क्या जाता है ? इन सभी बातों को भूल जा और तू अपने काम में लग जा ।

अब हम जैसे राइटर का काम ही क्या है कहानी लिखना और कल रात से जो भी मेरे साथ हो रहा है वो किसी कहानी से कम तो है नहीं । कहानी अच्छी हो इसके लिए रिसर्च करना बहुत ज़रूरी होता है और इस कहानी की हीरोइन तो वो है जिसने मेरी जान बचाई है । तो मेरे लिए इस कहानी का सच जानना बेहद ही ज़रूरी था ।

बंटी ने मुझे मना किया लेकिन मैंने आखिर उसे मना ही लिया, उसने मुझे कहा क्यों न समायरा से बात किया जाए कि उसने झूठ क्यों बोला ? वैसे तो हम

इतने जानकारी के आधार पर उससे पूछ सकते थे, लेकिन उससे सच का पता लगाने के लिए हमें अभी और भी बहुत कुछ जानना होगा । तभी बंटी ने याद दिलाया कि सुमित के भैया एस.आई. (सब इंस्पेक्टर) हैं, तो उन से भी जानकारी मिल ही सकती है आखिर क्यों सौम्या के घरवालो ने कम्प्लेंट फाइल नहीं की ।

अब मेरा दिमाग डिटेक्टिव के तरह चलने लगा कि कैसे क्या करना सही रहेगा और इस खोजबीन की शुरुआत कहाँ से की जाए । तभी मुझे ख्याल आया क्यों न सबसे पहले उसके ऑफिस में जाकर उसके साथ काम करने वाले लोगों से बात की जाए । मैं बंटी से इस बारे में बात कर ही रहा था कि इतने में मम्मी आ गयी।

'कहाँ जाने की बात चल रही है ?' मुझे तो लगा कि मम्मी ने सब सुन तो नहीं लिया । लेकिन हम बाल-बाल बचे उन्होंने उतना ही सुना, जितना उन्होंने हमसे पूछा । मैंने कह दिया 'कहीं नहीं बस बंटी का कुछ काम था तो एक दो दिन उसी के घर रहूँगा.... है न बंटी ?'

बंटी लड़खड़ाते हुए 'हाँ..हाँ... आंटी बहुत ज़रूरी काम है और अब थोड़े ही देर में हमें निकलना होगा ।' मम्मी ने कहा 'ठीक है... ठीक है लेकिन पहले खाना खा लो

उसके बाद कहीं जाना ।' भूख तो बहुत जोरों की लगी है, इसलिए हमदोनों तुरंत खाने के लिए चल दिए ।

खाना खाने के बाद हमदोनों वापस से मेरे रूम में आएं । वहाँ बंटी ने मुझे समझाया कि जो मैं करने जा रहा हूँ उसके बारे में एक बार और सोच लूँ क्योंकि हो सकता है ये लड़ाई हमारे बस के बाहर की हो । वैसे बंटी कुछ गलत कह भी नहीं रहा था, क्योंकि जैसे-जैसे मैं जितना सच जान रहा हूँ वैसे – वैसे मुसीबत भी बड़ी होती जा रही है । लेकिन मैं अब पीछे मुड़कर नहीं देख सकता, वजह तो आप भी जानते ही हैं ।

बंटी को मैंने सुमित के भैया से मिलने को कहा और मैं पहुँच गया सौम्या के ऑफिस । यहाँ 'रॉय' कर के कोई है जो सौम्या का बॉस था, उस वेब न्यूज़ का एडिटर । ये मुझे वहां के गार्ड से पता चला वो भी पुरे 500 के नोट देने के बाद, फिर वहाँ थोड़े इन्तजार के बाद मेरी मुलाकात मि. रॉय से हुई । काफी नेक दिल इंसान लगे वो मुझे। क्योंकि जैसे ही उन्हें पता चला कि मैं सौम्या का दोस्त हूँ, उन्होंने मेरी खूब खातिरदारी की और फिर मेरे पूछने पर उन्होंने मुझे पूरी बात बताई ।

'सौम्या का खूब नाम था अपने ऑफिस में, वहां सभी उसकी खूबसूरती के दीवाने तो थे ही साथ ही काम

के मामले में भी वो पूरे ऑफिस के लिए एक मिसाल थी । लेकिन आखिर के कुछ दिनों में काफी परेशान रहने लगी, अजीब-अजीब सी हरकतें करने लगी । एक काम को लेकर उसे माफ़ी मांगना पड़ा क्योंकि उसने बिना किसी आधार के एक मंत्री पर आरोप लगा दिया । हालांकि ये कोई बड़ी बात थी नहीं, एक माफ़ी से सब खत्म हो गया और मामला शांत हो गया । पत्रकारिता के दुनिया में तो ऐसा होता ही रहता है लेकिन पता नहीं क्यों सौम्या ने इस पूरे मामले को काफी पर्सनली ले लिया और जब वो अपना आरोप साबित नहीं कर पाई तो वो डिप्रेशन में चली गई । शराब और सिगरेट पीना शुरू कर दिया, खुद को तकलीफ पहुँचाने लगी । मैंने उसे सलाह भी दिया कि वो किसी अच्छे साईकियेटरिस्ट्स से मिलकर अपना ट्रीटमेंट करवाए क्योंकि मुझे डर था कि कहीं वो कुछ गलत कदम न उठा ले । आखिरकार वही हुआ जिसका मुझे डर था । अचानक से एक दिन सुबह-सुबह हमें खबर मिली कि सौम्या ने खुदकुशी कर ली । उसकी कमी हम सबको आज भी खल रही है ।'

ये सब सुनाते हुए मि. रॉय की आँखों में पानी भर गया । वहाँ जो सब थे, वो सब भी उदास हो गए । सच में कितना बुरा हुआ सौम्या के साथ, काम को इतना

सीरियसली भी नहीं लेना चाहिए कि खुद की जान पर आफत आ जाए ।

मैं तो खामखां बिना सच जाने समायरा पर शक करने लगा था । मैंने मि. रॉय को थैंक्स कहते हुए वहाँ से निकलने लगा तभी मैंने देखा उदास चेहरों के बीच कोई गुस्से से लाल हुए जा रहा है । खैर ऑफिस में हुई होगी कोई बात, फिर अचानक से गुस्से में वो अपने टेबल पर बैठ कुछ लिखने लगा लेकिन इन सभी चीजो से मुझे क्या ! मैं वहाँ से निकल पड़ा । मैं थोड़ी दूर बढ़ा ही था, मुझे ऐसा लगा कि कोई मेरे पीछे आ रहा है लेकिन मैं बिना पीछे देखे बढ़ता रहा ।

तभी मुझे बंटी का कॉल आया 'राजीव तेरा शक सही था । मैंने सुमित के भैया से बात किया, उनका कहना कि उन्हें लगता है कि वो मर्डर था ।' मैं चल ही रहा था तभी किसी ने अचानक से मेरे हाथ में एक पर्ची पकड़ा दिया और मेरे कान में 'पहले पर्ची पढ़ो' कहते हुए निकल गया । मैंने बंटी को कहा मैं तुझसे बाद में बात करता हूँ ।

पर्ची पकड़ाने वाला वही था जो ऑफिस में गुस्सा हो रहा था । तभी मैंने पर्ची खोलकर देखा, उसमें लिखा है 'मि. रॉय वैसे नहीं हैं जैसा वो दिखते है, सौम्या के बारे

में अगर सब सच जानना है तो मेरे पीछे – पीछे आओ । सावधानी से ! क्योंकि अब उनकी निगाह तुम पर है ।'

चैप्टर 7 - बंद गली की मस्जिद

यहाँ सब दूसरों को देखता है लेकिन कोई खुद को तो देखें, ऐब ज़माने के कम लगने लगेंगे । लेकिन यहाँ मुझे कौन देख रहा है, ये पता करना बहुत मुश्किल है इसलिए सावधानी बरतना ही सही रहेगा । मैंने पर्ची पढ़ने के बाद सीधा उसे अपने पॉकेट में रखा और चल पड़ा उस आदमी के पीछे ।

मार्केट में उसके पीछे – पीछे चलना तो बड़ा ही आसान काम था क्योंकि वहाँ काफी चहल पहल थी । लेकिन जैसे ही मैं खुले सड़क पर निकला वहाँ भीड़ बिलकुल भी नहीं थी, इसलिए मैं ऐसे खाली जगह पर काफी बच - बचा के चल रहा हूँ । अब वो आदमी एक बस्ती की ओर मुड़ गया, मैं भी उसके पीछे – पीछे उधर चल पड़ा ।

ये बस्ती मुस्लिम बाहुल्य आबादी वाला है और यहाँ की आबादी भी काफी घनी है, फिलहाल यह बात मेरे लिए काफी अच्छी है क्योंकि यहाँ मुझे उस आदमी का पीछा करने में कोई तकलीफ नहीं हो रही है । लेकिन

यहाँ के लोग जिनकी भी नजर मुझपर आ रही है, मुझे ऐसे देख रहे हैं मानो मेरा यहाँ होना उनको अच्छा नहीं लग रहा हो । इधर मुझे यह समझ नहीं आ रहा कि ये आदमी आखिर कहाँ जाकर रुकेगा । कभी दाएं घूम जा रहा है तो कभी बाएं, कभी कहीं पर तस्वीर खींचने लगता तो कभी किसी के हाथ में चुपके से कुछ पैसे पकड़ा देता ।

गली भी ऐसी – ऐसी जहाँ रास्ता कम और लोगों की गाड़ियाँ ज्यादा लगी हुई है । बच्चे तो सड़क पर ऐसे लोट पोट रहे है मानो ये सड़क ही उनका घर हो । ये सभी चीज देख मेरे मन में कुछ अलग ही विचार उत्पन्न हो रहे हैं, ख़ैर अभी मुझे सारा ध्यान उस आदमी का पीछा करने में लगाना चाहिए।

मैं तो ये भी नहीं जान पा रहा हूँ कि मैं सही भी कर रहा हूँ या नहीं, पता नहीं मैं क्यों इसका पीछा कर रहा हूँ ? मन में तो बहुत से विचारों का आपस में टकराव हो रहा है लेकिन नज़र के सामने का नजारा कुछ और ही है। बड़े कमाल की गली है, ये गली ही नहीं पूरी की पूरी बस्ती ही कमाल की है । जगह कम आबादी ज्यादा, बच्चे घर के बाहर सड़क पर और यहाँ के लोगो में तो गजब की प्रतिभा छिपी है । कचरा घर से

बाहर सीधे सड़क पर, बिना देखे और बिना ये सोचे कि सड़क पर कोई हो भी सकता है । मुझे नहीं याद है कि मैं यहाँ पहले कभी आया हुआ हूँ या नहीं, लेकिन मुझे पता होना चाहिए कि हमारे शहर में कोई जगह ऐसी भी है जिसका हाल बदलना बेहद ही ज़रूरी है ।

मैं भी अजीब आदमी हूँ, नया मुद्दा दिखा नहीं कि पुराने से भटक जाता हूँ । ये आदमी अब जिस गली से गुजर रहा है, वहाँ लोगो की भीड़ बहुत कम है । शायद ये गली उस मस्जिद की ओर जा रही थी, जो मुझे बस्ती के बाहर से ही दिख रही थी । अब वो आदमी और भी काफी तेजी से चलने लगा, साथ ही मैं भी उसके कदम से कदम मिलाकर उसी तेजी के साथ बढ़ने लगा ।

अचानक से मेरे मोबाइल पर एक मेसेज आया । मैंने मोबाइल बाहर निकाला ताकि मेसेज पढ़ सकूं । इस तरह मेरी रफ़्तार कुछ कम हुई लेकिन नजर मैं बराबर उस आदमी पर बनाएं रखा हूँ ।

ये मेसेज तो समायरा की है । लेकिन उसने मुझे मेसेज क्यों किया ? उसके मैसेज से अब मैं थोडा सचेत हो गया क्योंकि अब तक मुझे ऐसा नहीं लग रहा था कि किसी की नजर मुझ पर है । लेकिन ये मेसेज पढने के बाद मुझे पक्का यकीन हो गया कि किसी न किसी

की निगाहें तो है मुझ पर, जो मेरे हर कदम पर नज़र रख रहा है ।

समायरा ने मुझे मेसेज किया 'राजीव, ये सब करके क्या मिलेगा तुम्हें ? जिसे जाना था वो तो चली गयी । अब तुम्हारे ये सब करने से इस दुनिया में जो है, उनपर भी खतरा आ सकता है। प्लीज ये रोक दो यही पर और इनसब चीजों से दूर हो जाओ ।' आखिर समायरा को कैसे पता चला कि मैं कुछ कर रहा हूँ । अब कबूतर ने तो उड़कर बताया नहीं होगा उसे ये सब, मतलब अब मुझे काफी सावधान होकर रहना होगा । मैंने अपने आगे - पीछे घूमकर देखा लेकिन मुझे कुछ ऐसा तो दिखा नहीं जिससे मुझे कोई खतरा हो। आखिर मेरे इस काम से किसी को कोई खतरा होगा ही क्यों ? कौन सा मैं किसी का खून करने जा रहा हूँ ?

इन सभी चीजों का जवाब तो शायद वो आदमी ही मुझे दे सकता है, जिसका मैं पीछा कर रहा हूँ । लेकिन इस मैसेज के चक्कर में वो आदमी मेरी नज़र से ओझल हो गया जिसका पीछा मैं घंटो से कर रहा था । अभी मैं जिस गली में खड़ा हूँ वो मेरे से 50 कदम आगे जाकर बंद है क्योंकि ये मस्जिद की गली है, मतलब वो

आदमी यही कहीं आस पास या नहीं तो मस्जिद के भीतर होगा ।

मुझे वो गली में तो कहीं दिखा नहीं इसलिए मैं मस्जिद में ही उसे ढूढने के लिए जाने की सोच रहा हूँ । मैं आजतक कभी मस्जिद में नहीं गया इसलिए मैं अंदर जाने से हिचक रहा हूँ । इसलिए नहीं कि मैं एक हिन्दू हूँ बल्कि इसलिए कि मुझे नहीं पता मस्जिद के भीतर जाने से पहले वो लोग क्या तौर – तरीके अपनाते हैं । लेकिन भीतर नहीं जाने का तो कोई सवाल ही नहीं उठता है, क्योंकि मुझे किसी भी हाल में उस आदमी से मिलना ही है । भले ही मुझे कुछ नहीं पता लेकिन मैं इतना तो जानता हूँ कि भीतर जाने से पहले जूता उतार लेना चाहिए ।

इसलिए मैंने जूते उतारे और अन्दर जाने लगा, तभी एक आदमी ने मुझे आवाज़ देते हुए रोका 'अरे मियां जूता छुए हो, अंदर जाने से पहले पाक-साफ तो हो लो ।' बात तो सही ही है, हम भी मंदिर में जाने से पहले हाथ-पाँव तो धोते ही है । वो आदमी नसीहत देते हुए निकल गया फिर मैंने भी हाथ धोया और पहुँच गया मस्जिद के भीतर, जहाँ एक कोने में एक मौलवी जैसा दिखने वाला आदमी या शायद मौलवी साहब ही बैठे कुछ बच्चों को

उनके धर्म के बारे में बता रहे है । उनके अलावा भी कुछ लोग मस्जिद में बैठे हैं, लेकिन मुझे जिसकी तलाश है वो मुझे कहीं दिख नहीं रहा है । मैंने चारो तरफ नज़र घुमाया लेकिन वो आदमी मुझे नहीं दिखा। फिर मैं जैसे ही मस्जिद के दुसरे दरवाजे की तरफ बढ़ा और उसके पास पहुँचा कि किसी ने दूसरी तरफ से अचानक मुझे दरवाजे के उस ओर खींच लिया।

चैप्टर 8 - आटा और डाटा

कई बार आपके साथ ऐसा हुआ होगा, आप किसी अँधेरे रूम से बाहर उजाले में निकलें हो तो अचानक से आपको बाहर की दुनिया चकाचौंध सी लगने लगती है । जब मस्जिद के भीतर से मुझे किसी ने दरवाजे के उस तरफ खींचा जिस ओर भरपूर उजाला था, तो मुझे भी ठीक वैसा ही लगा । इतना उजाला जितना इस पूरे बस्ती के तंग गलियों में भी नहीं था ।

बंद गली की इस मस्जिद के पीछे एक नदी बह रही थी और नदी के उस पार शहर । अगर आप मेरी नज़र से देखेंगे तो ये नदी आपको तराज़ू दिखेगा, जिसके एकपलड़े में शहर की चकाचौंध तो दूसरे पलड़े में शहर का वो हिस्सा जो शायद इस शहर का लग ही नहीं रहा ।

ये सब मैं अपनी खुली आँखों से देख ही रहा था इतने में वो आदमी बोला 'खुले हवा में सांस लीजिये राजीव साहब, यहाँ हमपर किसी की नजर नहीं है । 'मैं बस उसे गौर से देखे जा रहा था क्योंकि जिस तरह से

उसने मुझे खींचा, मैं अंदर ही अंदर डर गया था । फिर उसने मुझे कहा 'डरिए मत ज़नाब, बैठ जाइए।'

मैं वहाँ रखे एक पत्थर पर बैठ गया फिर मैंने उसका नाम पूछा तो उसने बताया कि उसका नाम 'तौफिक' है । मैं सीधे मुद्दे पर आ गया और उससे पूछ डाला 'बताओ, तुम सौम्या के बारे में क्या जानते हो ?' वो बड़े ही अंदाज के साथ उठा और गंभीरतापूर्ण भरे स्वर में कहा 'सौम्या ने सुसाइड नहीं किया, उसका मर्डर हुआ था ।'

उसके बोलने का ढंग ऐसा था मानो उसने मेरे सामने कोई बड़ा राज खोल दिया । उसका ये जवाब सुन मुझे बहुत गुस्सा आया और बड़े ताव में उठते हुए मैंने उससे कहा 'तौफिक मियां ! ये तो मुझे भी मालूम है, तभी तो उस से जुडी बातों का पता लगाने के लिए यहाँ-वहाँ घूम रहा हूँ । ये बताने के लिए आप इतनी दूर यहाँ ले आएं मुझे ? हद है !'

इतना सब बोलकर मैं वहाँ से निकलने लगा तभी 'अब इतनी जल्दी तो आप एक शॉर्ट स्टोरी भी नहीं लिखते होंगे राइटर महोदय, जितनी जल्दी आपने मुझे गलत समझ लिया ।' ये बात तो सही है कि मैंने ही कुछ जल्दी कर दिया उसे समझने में, इतने में वो फिर

बोला 'आप तसल्ली से बैठिए तो सही ! मैं आपको वो सब बताऊंगा जो आप जानना चाहते हैं, वो भी बिलकुल सच सच।'

उसकी ये तसल्ली वाली बात में मुझे वाकई तसल्ली दिखी इसलिए मैं फिर से वहाँ बैठ गया । फिर उसने कहना शुरू किया -

'देखिए मियां जिस तसल्ली के साथ आप बैठे हैं उसी तरह मुझ पर विश्वास करते हुए बिना भड़के शांति से मेरी बातें सुनिए । मेरा नाम तौफिक है ये तो आप जान ही चुके हैं, मैं सौम्या के साथ ही काम किया करता था । आज मैं जो कुछ भी हूँ सिर्फ उसके वजह से ही, यूँ तो वो मेरी दोस्त थी लेकिन काम के मामले में मेरी बॉस । जर्नलिज्म के दुनिया की हर छोटी से छोटी चीज वो मुझे काफी बारीकी से सिखाती थी । लेकिन उसकी यही सच्ची पत्रकारिता उसके जान का दुश्मन बन गया।

राजीव बाबू, इन सभी का जड़ है - आटा और डाटा की लड़ाई । आटा और डाटा समझ रहे हैं न आप ? आटा मतलब भूख और डाटा मतलब पैसा । फिर गरीब लोग तो न जाने आटा के चक्कर में कहाँ – कहाँ अपना डाटा छोड़ आते है, जो उन्हें खुद भी नहीं पता होता है । कभी 500 रुपया मिलने वाला होता है तो वहाँ अपना

डाटा छोड़ आते है तो कभी मुफ्त राशन के लिए और ऐसे ही कई छोटी बड़ी चीजों के लिए जो सरकार उनके लिए मुहैया कराती है ।

अब आप भी यही सोच रहे होंगे कि इसमें बुरा क्या है ? अगर सरकारी सुविधा लेनी है तो यही प्रक्रिया है । तो आप जानिए, दिक्कत सरकार से नहीं बल्कि बीच के उन माफिया और गुंडों के वजह से है जो सरकार में ही बैठे हैं । वहाँ तक आप पहुंचे उससे पहले आपको शुरू से समझाता हूँ आखिर इसका जड़ है कहाँ । इस पूरे मामले का जड़ इस बस्ती से ही जुड़ा है, क्योंकि यहाँ का एक लड़का तरुण हमारे यहाँ ही प्रशिक्षण ले रहा था । हालांकि इस बस्ती की अधिकतर आबादी इधर-उधर के काम में ही फँस जाते हैं, लेकिन तरुण अपने मेहनत से बहुत आगे निकल गया था ।

सब कुछ बहुत जल्दी जल्दी सीखता जा रहा था । इंटर्न रहते हुए ही उसकी लिखी हुई एक आर्टिकल काफी फेमस हो गई, जो कि इस बस्ती के स्ट्रगल के ऊपर ही थी । हमने उसे बधाइयाँ दी और फिर पार्टी मांगी, उसने हाँ भी कर दिया । हमलोग कैफ़े गये छोटा सा सेलिब्रेशन किया, लेकिन जब वो बिल भरकर आया तो काफी परेशान दिख रहा था । हमलोगों के पूछने पर

बताया कि अचानक से उसके अकाउंट से पैसे कट गए। सौम्या ने चेक किया तो पता चला सच में पैसे तो काटे गए हैं। लेकिन बिल के मुताबिक ये पैसे काफी ज्यादा थे। जब हमलोगों से इसका पता बैंक से लगवाया तो उनका कहना था 'पैसे तो काटे गए हैं लेकिन तरुण के मर्जी से'। फिर बैंक कर्मचारी ने बताया कि शायद ये किसी फ्रॉड के शिकार हो गये हैं।

अब हमलोग भी क्या कर सकते थे इसमें, फिर भी हमने तरुण को आगे से सावधानी बरतने को कह दिया। तभी तरुण से पता चला कि ये सिर्फ उसके साथ नहीं बल्कि उसके बस्ती में हर दुसरे दिन किसी न किसी के साथ ऐसा ही होता है।

अब इस जगह सौम्या ने सोच लिया कि पड़ताल करना ही है, आखिर माजरा क्या है ? फिर हमने अपने खबरी और अपने एक्सपर्ट से इस विषय पर बात किया तो पता चला कि ये एक बड़ा फर्जीवाड़ा है। हालांकि इस तरह की घटना हर जगह हो रही है लेकिन यहाँ जो फर्जीवाड़ा चल रहा है उसका जड़ इस बस्ती से ही जुड़ा है। इस बस्ती से न सिर्फ ये फर्जीवाड़ा बल्कि कई और गैरकानूनी काम चलता है जैसे की नशा, तस्करी... जैसे कई और काम भी। इन सभी का कनेक्शन कई

अपराधिक गिरोह से जुड़ा है जिसपर नेताओ और मिनिस्टर का हाथ है जिनके समर्थन से ही सारा गैरकानूनी कारोबार चलता है ।

एक्सपर्ट ने हमें बताया कि ये सारा खेल जुड़ा है हमारे उस डाटा से, जिसका उपयोग आज कल हम हर काम में करते हैं । बैंक, सिम कार्ड, टिकट या कोई भी सरकारी सुविधा लेना हो तो हमें कोई न कोई पहचान पत्र देना पड़ता है ताकि हम उस सुविधा का लाभ ले सकें । लेकिन हमारे इसी डाटा का आज गलत फायदा उठा लेते हैं बीच के कई लोग, जो एक गिरोह बनाकर हमारे पहचान का गलत इस्तेमाल कर कई वारदातों को अंजाम देते हैं या फिर हम से ही हमारा बैंक अकाउंट खाली करवा लेते हैं ।

फिर जब हमारे खबरियों द्‌वारा डिटेल्स हमारे हाथ लगी, तब जाकर खुलासा हुआ कि आखिर वो कड़ी कौन सी है जहाँ से भोले – भाले लोगों की डिटेल्स लीक होती है । दरअसल सभी लोग कभी न कभी अपने पहचान पत्र का फोटोकॉपी करवाने जाते ही हैं, उसी दरमियान फोटो-कॉपी वाला उसका एक्स्ट्रा कॉपी निकाल लेता है जिसका हमें पता भी नहीं चलता । जब उनके पास हजारों की संख्या में ऐसे कॉपीज इकट्ठा हो जाते हैं तो

इसे बेच देता है उनलोगों से, जिनका इन सभी चीजों का गलत इस्तेमाल करने वाले गिरोह से सम्बन्ध होता है । असल में वो बेचते नहीं, बल्कि वैसे लोग उनसे खरीदकर ही ले जाते हैं ।

फिर वो इस पहचान का इस्तेमाल कर दूसरे के नाम पर फर्जी सिम निकालते हैं । फिर उसका इस्तेमाल वो हर गैरकानूनी काम के लिए करते हैं जो वो कर सके । जैसे कि किसी को किडनैप करने के बाद, लोगों से उस फर्जी नंबर से फिरौती मांगना.... ताकि पुलिस किसी गलत पते और गलत आदमी के साथ उलझी रहे ।

इतना सब जानने के बाद अब हम तरुण के केस में लगकर खोजबीन करने लगे । हमारे खबरी और एक्सपर्ट के रिसर्च से पता चला कि तरुण के साथ जो हुआ इसमें भी उसी गिरोह का हाथ था जिसका मुखिया या बॉस जो भी कह लें.... वो उस्मान था । इसके अलावा उसके और भी कई बड़े धंधे थे जो वो खुलेआम कर रहा था ।

इन सभी चीजों को लेकर जब हम पुलिस के पास गए तो उन्होंने कोई भी एक्शन लेने से मना कर दिया । हमारे पास भी ठोस सबूत नहीं था, जिस वजह से हम भी कुछ कर नहीं सकें।'

तौफीक की इतनी सारी बातें सुनने के बाद अब मुझे एहसास होने लगा कि मैं अकेले कितने बड़े लड़ाई के लिए निकल पड़ा हूँ । जैसे जैसे मैं तौफीक की बातें सुन रहा था, शायद मेरा खतरा और बड़ा होता जा रहा था । इस वक्त मैं कुछ और बोलने या सोचने के जगह अपना पूरा ध्यान तौफीक के द्वारा बताए जा रहे सच को सुनने में लगा रखा है ।

तौफिक लगातार मुझे हर बात बताए जा रहा था, उसने आगे बताया कि 'एक अजीब बात जो अनऑफिसिअली मुझे वहाँ के एक ऑफिसर से पता चली, वो तो ब्रेकिंग ही था । बताया गया कि उस्मान के ऊपर मिनिस्टर तिवारी का हाथ है जो यहाँ के लोकल एम.पी. (सांसद) भी हैं और वर्तमान में सत्ता में ही हैं । मिनिस्टर तिवारी ही वो वजह था जिस कारण पुलिस उस्मान से जुड़े मामलों में कोई दिलचस्पी नहीं दिखा रही थी।

सौम्या ने ठान लिया कि इस मिनिस्टर को अब एक्स्पोज करना है। तभी तरुण ने बताया कि मिनिस्टर तिवारी अक्सर हमारे बस्ती में आता है आम आदमी की तरह, मैंने एक बार यूँ ही अचानक से देख लिया उसे । सौम्या समझ गई कि वो उस्मान के पास ही आता होगा

क्योंकि उसके सारे धंधे उस्मान ही चलाता है । लेकिन तिवारी कोई ऐरा-गैरा शख्स तो था नहीं जो उस पर कोई भी आरोप यूंही लगा दिया जाए और वो मान भी ले । इसलिए हम आगे कोई कदम बढ़ाये उससे पहले हमें कोई पुख्ता सबूत जुटाना होगा । अब हम सोचने लगे कि आखिर सबूत कैसे जुटाया जाए ? इतने में तरुण ने सौम्या से कहा मैं लाऊंगा सबूत क्योंकि मैं इस बस्ती में ही रहता हूँ । अगर आपलोग यहाँ आएंगे तो उस्मान के लोगों को शक भी हो सकता है । सौम्या पहले हिचकिचाई क्योंकि तरुण अभी बहुत नया था ऐसे कामों के लिए, लेकिन तरुण ने ज़िद करते हुए उसे मना ही लिया ।

इधर सौम्या अपना रिपोर्ट तैयार कर रही थी और उस्मान के सारे कनेक्शन को वेरीफाई कर रही थी । सारा खेल उसे अब दिखने भी लगा और समझ भी आ रहा था । जरुरत थी अब बस सबूत की, कुछ दिनों बाद तरुण ने एक फोटो भेजा जिसमें तिवारी अपने कार में था और उस्मान बाहर खड़ा उसे सलाम ठोक रहा था । तरुण तो कमाल का निकला, भले ही वो नया था लेकिन उसका जूनून बहुत बड़ा था । अब सौम्या को जो चाहिए था वह उसे मिल गया । उसने रिपोर्ट तैयार किया और उसे पब्लिश भी कर दिया । इस लड़ाई की शुरुआत में

हमारे पास बस एक फोटो था, इसलिए सौम्या ने सीधा आरोप नहीं लगाया और सूत्रों के हवाले से न्यूज़ आगे बढ़ा दिया - "मिनिस्टर तिवारी को सलाम ठोकता क्रिमिनल उस्मान, आखिर क्या है उस्मान से तिवारी कनेक्शन ?"

सौम्या की ये रिपोर्ट काफी चर्चा में आ गई, जिसमें उसने तरुण के मेहनत का क्रेडिट भी दिया । उधर तिवारी भी बौखला गया, उसने तो सीधा कह दिया 'ये विपक्ष की चाल है'। इधर सरकार द्वारा हमारे वेब न्यूज़ को भी थ्रेट आने लगा । एडिटर रॉय साहब ने सौम्या को आगे कुछ करने से रोक दिया, साथ ही उसपर प्रेशर दिया कि 'तुम पीछे हट जाओ, तिवारी से दुश्मनी मत लो ।' सौम्या कहाँ मानने वाली थी, उसने तिवारी का ऑफर रिजेक्ट कर दिया क्योकि रॉय 'तिवारी' की ही जुबान बनकर बोल रहा था ।

सौम्या कुछ दिन शांत रही उसपर तिवारी ने बयान दिया 'मीडिया फेक न्यूज़ फैलाकर अच्छा नहीं कर रही है, उन्हें माफ़ी मांग लेनी चाहिए नहीं तो मै कानूनी करवाई करूँगा ।' उसी रात सौम्या को तरुण का फ़ोन आया 'उस्मान के अड्डे पर तिवारी आया था और पैसो की लेन-देन हो रही थी ।' तरुण ने उस सभी चीजों का

विडियो बना लिया लेकिन न जाने कैसे उस्मान की नज़र उसपर पड़ गयी । तरुण वहाँ से तो निकल गया लेकिन दिक्कत यह थी कि उस्मान उसे पहचान गया था, क्योंकि बस्ती में सभी पर उस्मान की नज़र थी । तरुण ने बताया कि उसने सबूत सुरक्षित रख लिया है । सौम्या को इस वक्त सबूत से ज्यादा तरुण की फ़िक्र हो रही थी, इसलिए उसने उसे सुरक्षित वहाँ से कहीं निकल जाने को कहा ।

इधर सौम्या ने भी तिवारी को जवाब दिया कि वो उसे जल्द ही उस्मान से जुड़ा सारा मामला एक्स्पोज कर देगी । उसके बाद सौम्या को मेसेज आया 'सौम्या जी, माफ़ी मांग लीजिए कहीं ये एक्स्पोज के चक्कर में बेचारा आपका जांबाज़ रिपोर्टर तरुण अपनी जान न खो दे ।' सौम्या ने तुरंत ये बात मुझे बताया फिर उसने तरुण के नंबर पर कॉल किया, उसका नंबर ऑफ आ रहा था । तभी एक और मेसेज आया जिसमें तरुण की फोटो थी, उन ज़ालिमों ने तरुण को बुरी तरह पीट रखा था ।

हमने ये बात रॉय को बताई । उसने परेशान शक्ल बनाते हुए हंसकर कहा 'मैंने पहले ही कहा था माफ़ी मांग लो, तिवारी से दुश्मनी ठीक नहीं ।' सौम्या समझ चुकी थी, उसने अगले ही पल माफ़ी मांग ली । हमदोनों

ऑफिस में ही परेशान बैठे बातें कर रहे थे, कि शायद हमने तरुण को मुसीबत में डाल दिया । उस वक्त हमदोनों के अलावा बस रॉय था । वो बाहर आया और बोला 'तौफीक एक न्यूज़ बनालो, तरुण नाम के इटर्न कर रहे पत्रकार का किसी अज्ञात ने बीच सड़क पर हत्या कर दी ।'

हमदोनों यह सुनकर दंग रह गए, सौम्या तो रॉय पर टूट पड़ी । मैंने बहुत मुश्किल से उसे संभाला । रॉय बस एक बात बोला 'दुकान चलानी है तो चुप रहना पड़ता है और याद रखना तरुण की जान तुम्हारे होशियारी के वजह से गयी है इसलिए अब तुम भी सम्भलकर रहो ।'

इस घटना के बाद सौम्या पूरी तरह टूट गई, तरुण की मौत उसे अंदर ही अंदर खाए जा रहा था । उसने ऑफिस छोड़ दिया और घर पर ही रहने लगी । कई दिन बीत गए फिर एक दिन सौम्या और मैं तरुण के घर उसके घरवालों से मिलने गए । उसकी माँ टूट चुकी थी । हमने उन्हें दिलासा दिया और साथ ही हमने उन्हें कुछ पैसे भी दिए । वापस आने लगे तो तरुण की माँ ने हमें एक किताब देते हुए बोली 'जब तरुण घर से निकला तो बोला ये किताब मैडम जी को दे देना ।' हम

वो किताब लेकर निकल गए, सौम्या को उसके घर छोड़ा और मैं ऑफिस ।

फिर पता नहीं क्या हुआ सौम्या ने दुबारा तिवारी को घेरना शुरू कर दिया अपने ब्लॉग के जरिए । उसके रिएक्शन में तिवारी ने उसके पापा का एक्सीडेंट करवा दिया और वो कोमा में चले गए । अब सौम्या घायल शेरनी की तरह दहारने लगी । रॉय से मुझे पता चला कि सौम्या के हाथ वो विडियो लग गया है और तिवारी अब सौम्या की जान के पीछे पड़ा है । उसने मुझे शख्त हिदायत दी 'अगर तुम इस मुद्दे में पड़े तो जॉब तो जाएगी ही, जान का पता नहीं और तुम्हारे पीछे तो कोई है भी नहीं जो तुम्हारे बीवी बच्चे का ख्याल रखे ।' मजबूरन मुझे चुप ही रहना पड़ा । अगले ही दिन मुझे खबर मिली कि सौम्या की लाश किसी फैक्ट्री के किनारे एक नदी में मिली । मैं देखकर ही समझ गया कि ये सुसाइड नहीं है, लेकिन मेरी मज़बूरी थी और मेरे हाथ बंधे हुए थे । राजीव बाबू ! कभी ये हाथ कलम के जरिए मेरा जूनून लिखा करता था लेकिन अब तो ये बस जॉब के लिए काम करता है क्योंकि अब पत्रकारिता जूनून नहीं बस जॉब बन के रह गई है । सौम्या के जाने के बाद अब तिवारी खुलेआम घूम रहा है और उस दिन के बाद मैं एक दिन भी ठीक से

काम नहीं कर पाया हूँ । हो न हो तरुण ने ही वो सबूत किताब के जरिए सौम्या तक पहुँचाया होगा।'

मैंने तौफीक से पूछा - कौन सी किताब ?

तौफिक ने जवाब दिया - राजीव मेहरा की लिखी किताब, "जिन्दगी एक राज है" ।

यह सुन मैं चकरा सा गया, ये तो मेरी ही लिखी हुई किताब है । शायद इसलिए सौम्या ने मुझे इस काम के लिए चुना । अब मुझे समझ आया कि सौम्या ने उसदिन जो कहा 'अँधेरे की बात कुछ और है, उजाले में सब दिखता है' ये तो उस बुक की ही लाइन है । अब मुझे धीरे धीरे सब समझ आने लगा । अचानक से मुझे एक मेसेज आया, 'हमारे बस्ती में आपका स्वागत है, गुड न्यूज़ भेज रहा हूँ । सम्भल जाइए नहीं तो आपके परिवार के लिए कोई बैड न्यूज़ बन जाएगा ।' जब मैंने तौफीक को ये मेसेज दिखाया तो उसने कहा 'राजीव बाबू पहले आप यहाँ से निकलिए बांकी बातें हम फ़ोन पर करेंगे ।'

अब मैं यहाँ से निकल ही रहा था कि इतने में बंटी का फ़ोन आया मैंने चलते – चलते अगल बगल निगाह घुमाते हुए उसका फ़ोन उठा लिया और चलता रहा ।

बंटी ने कहा 'यार राजीव, वो समायरा के पिता अब नहीं रहें ।'

चैप्टर 9 - वी आर किडनैपड

समायरा का वो मेसेज, उसके बाद मुझे ये थ्रेट मैसेज... 'वही गुड न्यूज़ वाला' और फिर अचानक से समायरा के पिता की मौत हो जाना, हो न हो उनकी मौत के पीछे की वजह शायद मैं ही हूँ । हालांकि वैसी जिन्दगी से अच्छा तो ये मुक्ति ही है, लेकिन फिर भी जो हुआ वो बेहद ही बुरा हुआ और मुझे इस बात का काफी दुःख भी है ।

वैसे तो मैं खुद समायरा के पास उससे बात करने के लिए जाना ही चाह रहा था । लेकिन अब ये सब हो जाने के बाद पता नहीं वो मुझसे बात करेगी भी या नहीं, मुझे देखकर पता नहीं उसकी प्रतिक्रिया कैसी होगी । मैं समायरा से बात करने जाऊं उससे पहले सुमित के भैया से मिल लेना ज्यादा अच्छा रहेगा । क्योंकि अब ये लड़ाई बहुत आगे निकलती जा रही है, ऐसे में अगर पुलिस का साथ रहा तो ज्यादा बेहतर होगा ।

बंटी इस वक्त सुमित के घर पर ही था तो उसने मुझे भी वहीं आने को कहा और उसके एस.आई अमित

भैया भी वहीँ थे इसलिए मैं सीधे सुमित के घर पहुँच गया । फिर मैंने उनलोगों को तौफीक से जुड़ी सारी बात बताई । अमित भैया ने मेरी सारी बात समझ ली फिर उन्होंने कहा 'तिवारी काफी पावरफुल आदमी है राजीव ! जिस हिसाब से तुम आगे बढ़ रहे हो कोई शक नहीं कि तुम भी मारे जाओ ।' बात तो अमित भैया की बिलकुल सही है । अगर हमें तिवारी से लड़ना है तो कोई पुख्ता सबूत होना चाहिए और उस किताब में भी पता नहीं क्या सबूत है, या फिर वो किताब अब है भी या नहीं ? उस किताब को पाने के लिए मुझे समायरा से मिलना होगा, लेकिन मैं समझ नहीं पा रहा था कि मैं समायरा से मिलूं तो मिलूं कैसे ?

तभी अचनाक से समायरा का कॉल आया । मैं हिम्मत नहीं कर पा रहा हूँ कि उसका कॉल उठा सकूं, आखिर मैं बोलूँगा भी क्या उसे । पता नहीं वो मुझ से क्या सवाल करेगी, कहीं अपने पापा के मौत के बारे में तो नहीं ? नहीं..नहीं..! मैं फ़ोन हाथ में लिए यह सब सोच ही रहा हूँ कि इतने में उसका कॉल बजते-बजते कट गया । जब उसका कॉल देख कर मेरा ये हाल हो रहा है तो पता नहीं मैं उससे नज़र कैसे मिला पाउँगा ? कुछ देर बाद समायरा ने मुझे व्हाट्सएप्प पर एक विडियो क्लिप भेजा, जो उसके पापा के रूम में लगे

सी.सी.टी.वी. कैमरे का था । इसे देखने के बाद हमारे होश ही उड़ गये । उसके पापा का खून किसी और ने नहीं बल्कि उसके घर में रहने वाले उस बुजुर्ग आदमी ने किया था । अमित भैया को अपने इन्वेस्टीगेशन के लिए एक लीड मिल गयी क्योंकि हो न हो इस रघुनाथ काका का तिवारी से कोई न कोई कनेक्शन जरुर होगा । अमित भैया ने मुझे कहा 'तुम जल्द से जल्द उस घर से वो किताब ढूंढ निकालो और सबूत मुझे भेजो बांकी इस रघुनाथ को तो मैं देखता हूँ ।' मैंने तुरंत समायरा को मेसेज किया 'रघुनाथ को किसी काम से बाहर भेजो ताकि अमित भैया उसे दबोच सकें ।' लेकिन समायरा ने हमे बताया की रघुनाथ पहले ही यहाँ से फरार हो चुका है । अमित भैया ने मुझे समायरा के पास भेजा और खुद निकल पड़े उस रघुनाथ की तलाश में ।

इस लड़ाई में वैसे तो मैं अकेला अपने दोस्त बंटी के साथ ही निकला था लेकिन आज मैं बिलकुल भी अकेला नहीं हूँ । इधर अमित भैया भी निकल चुके थे रघुनाथ की तलाश में और मैंने तौफीक को भी अलर्ट कर दिया, वो भी अपने काम में लग गया । अब मैं भी यहाँ से निकल ही रहा हूँ क्योंकि मुझे जल्द से जल्द समायरा के पास पहुँचना था, ताकि मैं सबूत इकट्ठा कर सकूं ।

मैं वहाँ से निकलकर सीधा पहुँच गया समायरा के पास । जैसे ही मैं उसके घर पहुँचा उसने मुझे जोड़ से गले लगा लिया और फूट –फूटकर रोने लगी । रोती भी कैसे नहीं बचपन में माँ गुजर गई, फिर बहन का साथ छुट गया और अब तो उसके पापा भी नहीं रहें । मैंने उसे खूब समझाया तब जाकर वो थोड़ी शांत हुई लेकिन उसके अंदर का गुस्सा अब फुटकर निकला 'राजीव ! अब मैं उस तिवारी को छोड़ूंगी नहीं, उसने ही मेरी बहन को मारा था और पापा की ये हालत भी उसने ही किया था । मैं आजतक बस पापा को लेकर ही चुप थी लेकिन आज उसने पापा को भी जान से मरवा ही दिया, मैं सोच भी नहीं सकती थी की जिसे मैं काका समझ रही थी वो हमारे ही जान के दुश्मन हैं । अब मैं अपनी बहन और पिता के मौत का बदला लेकर ही रहूंगी । मैं उस सब को जान से मार डालूंगी, किसी को नहीं छोड़ूंगी।'

अच्छा तो ये कहानी था, समायरा के झूठ बोलने के पीछे । मैंने उसे समझाया कि ऐसे गुस्से से काम नहीं चलेगा हमे पूरी प्लानिंग के साथ कुछ करना होगा और उसे इसकी सजा दिलानी होगी । मैंने उससे उस किताब के बारे में पूछा लेकिन इसे तो कुछ पता ही नहीं था । फिर हमने पूरे घर में उस किताब को ढूंढा, आखिर में वो किताब मुझे सौम्या के रूम के वाशरूम में एक रैक पर

रखा मिला । उसके अंदर एक मेमोरी कार्ड चिपका हुआ था ।

इसमें ठीक वैसा ही विडियो फुटेज था जैसा तौफिक ने बताया था । इतना सबूत तो काफी था तिवारी को अन्दर करवाने के लिए लेकिन सौम्या और तरुण के मौत का राज खुल सके, इसके लिए हमने एक प्लान बनाया । इतने में अमित भैया का मेसेज आया कि रघुनाथ गांव भागने के क्रम में उसे बस स्टैंड से दबोच लिया है, अब उसे लेकर हमारे पास ही आ रहे हैं । मतलब अब हमलोगों का प्लान ने काम करना शुरू कर दिया ।

कुछ ही देर में अमित भैया आ गये । रघुनाथ पूरी तरह डरा हुआ लग रहा था, डरे भी कैसे न पुलिस वाले के हत्थे जो चढ़ा है बेचारा । अमित भैया ने घर में घुसते ही रघुनाथ के कमीज को पकड़ते हुए उसे दीवार पर दे मारा, भैया काफी गुस्से में थे और उसे लगातार मारे जा रहे थे । तत्काल हमारा प्लान चौपट न हो इसलिए हमने उन्हें रोका लेकिन बेचारे रघुनाथ का बुरा हाल हो गया, बेचारे को इतनी मार लगी कि उसका पूरा कमीज़ फट गया, आँख से आंसू अलग और वो बुरी तरह से कांप रहा था । अमित भैया ने कहा 'इस साले ने

उस्मान को सब बता दिया हमलोगों के बारे में और गांव भाग रहा था, ऊपर से मुझे धमकी दे रहा है कि तिवारी मुझे मार देगा.. उससे पहले मैं इसे न मार दूँ ।' इतना कहते ही भैया ने रघुनाथ के ऊपर बन्दुक तान दिया, मुझे तो डर लगने लगा कि कहीं सच में भैया इसे मार न दें । उधर रघुनाथ बोले जा रहा है कि 'तिवारी सब को मरवा देगा।'

अब मेरे समझ कुछ नहीं आ रहा था । मैंने कहा 'देखिये रघुनाथ जी, तिवारी हमें बाद में मारेगा कहीं उससे पहले आपके साथ यहाँ कुछ न हो जाए, इसलिए चुपचाप हमारी बात मानिए । तिवारी को जेल पहुंचाने के बाद आपके उम्र का लिहाज करते हुए हम आपको छोड़ देंगे ।' उसने कहा 'अब कोई फायदा नहीं, उस्मान किसी भी वक्त यहाँ आता ही होगा फिर तो मैं ऐसे भी आजाद हो जाऊंगा, मै फालतू में तिवारी से दुश्मनी क्यों लूँ ?' मैंने अमित भैया को इशारा दिया, अमित भैया ने फिर उसे डराया धमकाया और बन्दुक के नोक पर उससे बात मनवा ही ली ।

उस्मान आए उससे पहले इस रघुनाथ का हुलिया सही करना ज्यादा जरूरी है, हमने उसे दूसरी कमीज दी और उसका हुलिया थोडा पहले जैसा किया । फिर हमने

उसे पूरा प्लान बताया कि अगर उस्मान हमें लेकर जाएगा तो वो भी हमारे साथ जाएगा लेकिन सिर्फ इसलिए ताकि किसी को शक न हो । तभी रघुनाथ ने कहा 'लेकिन उस्मान मुझे क्यों ले जायेगा अपने साथ, मैं उसके किस काम का ? मेरा काम बस घर तक का ही था ।' अमित भैया ने कहा – 'मुझे नहीं पता तू कैसे जायेगा, तुझे बस जाना है । कैसे जाना है, ये खुद सोच लो चाचा । अगर कोई भी होशियारी की तो देख लो बन्दुक, बन्दुक छोड़ो... तुम्हें जेल में डालने के लिए तो ये विडियो ही काफी है जिसमें तू हत्या करते हुए साफ़ नजर आ रहा है । और एक बार तू मेरे रिमांड में आया न चाचा... तब मैं तुझे रोज तबियत से कुटूँगा ।'

चूंकि रघुनाथ के खिलाफ हमारे पास सबूत है तो वो कोई होशियारी करेगा नहीं, लेकिन इसका कोई भरोसा भी नहीं कब ये पलट जाए । अब हमारे पास कोई और दूसरा रास्ता भी नहीं था । इधर यह भी नहीं पता की उस्मान कब यहाँ पहुँच जाए इसलिए हमने अपने प्लान पर बात करना शुरू किया । मेरे गले में एक लॉकेट है जिसमें कैमरा भी फिट है अगर हमारा सामना तिवारी से हुआ तो हमें बस उससे सच उगलवाना है, इसमें जीपीएस भी है जिसके जरिए अमित भैया हमे फॉलो करेंगे साथ ही अगर सिचुएशन बिगड़ा तो वो हमे बचा लेंगे । हमारा

पूरा प्लान किसी फिल्म से कम नहीं है, पता नहीं हमारा ये प्लान काम करेगा या नहीं या फिर हम कोई और मुसीबत मोल लेने जा रहे हैं । लेकिन अभी बस एक यही रास्ता है जिसके जरिए हम तिवारी से यह उगलवा सकते हैं कि सौम्या ने सुसाइड नहीं किया बल्कि उसका मर्डर हुआ था जो तिवारी ने ही करवाया ।

बाहर से गाड़ी आने की आवाज़ सुनाई दी, रघुनाथ ने देखकर बताया 'उस्मान है' । हमने अमित भैया को भीतर ही छुपा दिया और ड्राइंग रूम में ही बहस करने लगे ताकि उस्मान को लगे जैसे हमें कुछ पता ही नहीं । तभी अचानक से उस्मान घर के भीतर घुसा ! मैंने पूछा कौन हो तुम और इस तरह घर में घुसने का क्या मतलब है ? उस्मान ने कहा – 'राजीव मियां देखो मतलब के चक्कर में न रहो, बिना मतलब का काम करके तुम तो ऐसे भी तपलिख (तकलीफ़) में पड़ गए हो ।' अपने लोगों को इशारा करते हुए उसने कहा 'हाथ-मुँह बांधकर गाड़ी में डालो सालों को ।' फिर उसने रघुनाथ को देखते हुए कहा 'बुढऊ तू यहाँ क्या कर रहा है अभी तक ? तुझे तो गाँव जाने बोला था न ।' रघुनाथ ने जवाब दिया – 'बस चला ही जाऊंगा लेकिन जाने से पहले एक बार तिवारी सेठ से मिल लेता तो जीवन धन्य हो जाता ।' उस्मान ने मुस्कुराते हुए जवाब दिया

'चल बुढऊ आज मिला देता हूँ तुझे तिवारी सेठ से भी, तू भी क्या याद रखेगा ।'

अब मेरे जान में जान आई वरना रघुनाथ को लेकर मैं काफी डरा हुआ था, उसने हमे गाड़ी में किसी बोरे की तरह ठूंस दिया । रघुनाथ भी उसी गाड़ी में बैठ गया फिर गाड़ी उधर ही जाने लगी जिधर से मैं उस सुबह भागकर वापस आया था, यानी उसी पुल के तरफ । गाड़ी काफी तेज़ चल रही थी बिना कहीं रुके वो सीधे उसी नदी के बगल वाले फैक्ट्री के पास पहुंची जो बंद पड़ा है ।

तिवारी वहाँ पहले से ही पहुँचा हुआ था । उस्मान ने धक्का मारते हुए मुझे तिवारी के पास ले गया, फिर तिवारी 'इंतजार था आप सभी का' । इतना कहते ही उसने मेरे गिरेवान पर हाथ डाला और मुझे खींचते हुए ले जाने लगा – 'इस्तकबाल भी करेंगे, ये हाथ है मेरा... आप लात खाएंगे ।' उसने धक्का देते हुए मुझे जमकर एक लात मारी, मैं वहीं जमीन पर गिर पड़ा । हाथ बंधे होने के कारण मैं उठ नहीं पा रहा था। उधर मेरा ये हाल देखकर समायरा भी सिवाए आंसू और छटपटाने के अलावा कुछ कर नहीं सकती है । तिवारी फिर शुरू हो गया 'अरे रे रे.... चोट इधर लगता है दर्द उधर होता है, भगवान...! आप भी न क्या-क्या पाप करवा रहे हैं मुझसे

?' ये तिवारी तो पूरा साइको है, एक तो अजीब अजीब लाइनें बोले जा रहा है, मार भी रहा है और ऊपर से भगवान को भी याद कर रहा है । तिवारी फिर मेरी तरफ आया 'अरे राजीव बाबू आप नीचे क्या कर रहें ? अब राइटर जमीन पर ऐसे गिरा रहे अच्छा लगता भला, उठिए ।' उसने मुझे बहुत प्यार से उठाया और पुचकारते हुए कुर्सी पर बिठाया, फिर 'राजीव बाबू अच्छे भले राइटर है, मेरे पचरे में क्यों पड़ गए ? शोभा देता है क्या ? बताइए, अरे बोलिए न !'

कमीने ने अपने हाथ से मेरा मुँह पकड़ रखा है और बोलता है 'बोलिए' पागलों की तरह तिवारी यही दुहराता रहा.... फिर आखिर में उसने जम के एक मुक्का मेरे मुँह पर दिया और मैं फिर से नीचे गिर गया । तिवारी ने मुझे उठाते हुए कहा 'कितने गिर चुके हैं आप... मुझसे दुश्मनी मोल लेकर, देखिये... देखिये तो, ये ठीक बात थोड़ी है ! अरे राजीव बाबू ये कैसे हुआ, ऐसी हालत किसने की आपकी, अब तिवारी आ गया है सब ठीक कर देगा आप चिंता मत कीजिए ।' मेरा तो सिर चकराने लगा कि ये पागल क्या सब बोल रहा है । फिर जैसे ही उसने मेरे गले से लॉकेट खींचकर जमकर एक लात फिर से मारा, तो मुझे सब समझ आ गया कि मेरे फ़िल्मी

प्लान का अब एंड हो गया है । उसने लॉकेट को नीचे पटका और पाँव तले कुचल दिया ।

बस इतना ही हुआ था कि रघुनाथ पलट गया 'अच्छा हुआ तिवारी सेठ जो आपने ये लोकेट तोड़ दिया, अब इनलोगों के पूरे पिलान पर अब पानी फिर गया । आप जो सबूत ढूंढ रहे हैं वो एक कार्ड में है जो इस लड़के के जेब में है ।' मन ही मन मैं सोचने लगा 'बुढऊ तू तो गया ।' उसने मेरे जेब से कार्ड निकाला और चेक कर के तोड़ दिया । फिर तिवारी मेरे पास आया 'क्या राजीव बाबू एमएमएस बनाना चाह रहे थे आप मेरा ? अरे इस एमएमएस के चक्कर में ही तो बेचारा वो बस्ती वाला लड़का तरुण मारा गया, बेचारा बहुत ही मासूम था। फिर वो जर्नलिस्ट... क्या नाम था.... अरे... हाँ सौम्या, उसे तो चुल मचा था सच दिखाने का, फिर मैंने भी दिखा दिया एक सच उसके सुसाइड का । अब ये तो सिर्फ मुझे पता है कि झूठ है बांकी सब के लिए तो सच ही था न कि बेचारी ने पुल से कूदकर जान दे दिया । यहीं, ठीक इसी जगह मारा उसे भी, बड़ी जिगर वाली थी साली ! जब मैंने उसे मारा वो चीखी-चिल्लाई लेकिन उसके आँख में डर नहीं था । नहीं मारता ! अगर बात मान जाती तो, उसका बाप भी नहीं मरता अगर आप बात मान जाते तो और अब आप भी नहीं मरते अगर

ये एमएमएस बनाने की जुर्रत नहीं किया होता तो । लेकिन अब तो आपका भी जान लेना होगा और इस डुप्लीकेट का भी । उस्मान ! मार डालो इनदोनों को और हाँ ध्यान रहे इसबार नदी में लाश नहीं, राख बहनी चाहिए ।'

इतना कहकर वो निकलने लगा, तभी वहां अमित भैया अपने पुलिस फ़ोर्स के साथ पहुंच गये और तिवारी को घेर लिया । अमित भैया – 'इतनी जल्दी में किधर जा रहे हैं तिवारी जी, ऐसा है कि अब आप सारा अपॉइंटमेंट कैंसिल कर दीजिए क्योंकि बड़े लम्बे जाने वाले हैं आप । हमारी पुलिस तो सदैव तत्पर है ही आपकी सेवा में। बस अब आप बिना किसी देरी किए शांतिपूर्वक तशरीफ़ लाइए गाड़ी में, नहीं तो आपके तशरीफ़ का वो हाल करेंगे कि बैठना-सोना सब मुसीबत हो जाएगा ।' अब पुलिस नेता को धमकी दे और नेता भला चुप रहे, तिवारी ने भी दिखाया अपना मंत्री वाला ताव 'ऐ इंस्पेक्टर तेरा दिमाग घूम गया है क्या, मंत्री हूँ मैं । जाने दे मुझे वरना आजकल पुलिस का भी एनकाउंटर होता है समझा न ।' अब अमित भैया उसे जो बोलने वाले थे उससे मंत्री और रघुनाथ दोनों के होश उड़ने वाले थे ।

अमित भैया ने बांकी के पुलिस को वहाँ मौजूद तिवारी के सभी गुर्गे को अरेस्ट करने को कह दिया । फिर 'देखिये तिवारी जी, आप मंत्री थे ! अब आप सिर्फ एक मुज़रिम है । चलिए गाड़ी में बैठ जाइए और मोबाइल न्यूज़ देखते रहिए बाकी कहीं फ़ोन करने का फायदा है नहीं, क्योंकि कोई उठाएगा नहीं ।' अमित भैया उसे गाड़ी की तरफ ले गए । मोबाइल में न्यूज़ देखने के बाद तो तिवारी के होश ही उड़ गये क्योंकि उसके सारे करतूत का लाइव टेलीकास्ट जो चल रहा था । वो गाड़ी से उतरा, आव देखा न ताव और दौड़ते हुए रघुनाथ को पकड़ा और अच्छे से धो डाला । फिर पुलिस ने उसे पकड़ गाड़ी में बिठाया, बेचारा रघुनाथ यह सोच रहा था 'आखिर उसे ठुकाई लगी तो लगी क्यों ?' अब उसे क्या पता कि कैमरा उस लॉकेट में नहीं बल्कि उसी शर्ट के बटन में था जो हमने उसे पहनाया था । जो भी हो प्लान फ़िल्मी था लेकिन काम कर गया । डिजिटल इंडिया का नया हथियार, बिना चोट के सफल हो वार ।

इधर जैसे ही बंटी ने मेरा हाथ खोला मैंने समायरा का हाथ खोला और उसको उठाया । मैंने बिना कुछ कहे उसे जोर से गले लगा लिया । बेचारी जोर-जोर से साँस ले रही थी और रोए जा रही थी । बंटी ने कहा 'अच्छा तुमदोनों आराम से आओ, मैं तुम्हारा वेट करता हूँ।' जो

भी कहो मेरा यार बंटी बड़ा ही समझदार है । तभी समायरा ने कान में कहा 'राजीव... सौम्या... !' मैंने कहा 'हाँ समायरा, हमने सौम्या के अपराधी को पकड़वा दिया ।' तभी हटते हुए उसने मुझे कहा 'मुझे सौम्या दिख रही है राजीव ।' मैंने पलटकर देखा 'अरे हाँ ये तो सौम्या ही है'।

मुस्कुराती हुई सौम्या, उसकी मुस्कुराहट ऐसी मानो वो मुझे धन्यवाद कह रही हो । खुश सौम्या, जो हमदोनों को साथ देख खुशी से पागल हुई जा रही है । चमकती हुई सौम्या, जो एक तेज चमक में धीरे–धीरे मिलती जा रही है । इस मतलब और फरेब की दुनिया से एक ऐसी दुनिया में जा रही है, जहां वो सितारा बन चमकेगी ।

www.ingramcontent.com/pod-product-compliance
Ingram Content Group UK Ltd.
Pitfield, Milton Keynes, MK11 3LW, UK
UKHW040011200726
13854UKWH00001B/146